Dépôt légal : juin 2022
ISBN : 979-10-91555-71-5

UN FRANÇAIS EN CORÉE

APPRENDS LE CORÉEN EN BD

Écrit par
Jake & Lee Namin
Illustré par Adedessine

ATELIER DES CAHIERS

SOMMAIRE

LES BASES DU CORÉEN 175

L'ÉQUIPE

JAKE - THE KOREAN DREAM

Jake est un Français, installé depuis 2015 en Corée. Il a fondé The Korean Dream : un site et une chaîne YouTube sur la Corée du Sud sur lesquels il partage sa passion pour le pays et aborde de nombreux sujets liés à la Corée et à la langue coréenne.

https://www.thekoreandream.fr/
YouTube /thekoreandreamfr
@thekoreandreamfr
@thekoreandreamfr

ADELINE BOULEMBERG - ADEDESSINE

Adeline est une illustratrice belge passionnée par le dessin et la Corée. Elle a vécu 1 an à Séoul pour réaliser un PVT. Elle est aussi la cocréatrice de la chaîne Youtube Gaufre chocolat Corée où elle partage son expérience en PVT et ses meilleurs conseils sur la Corée.

YouTube /gaufrechocolatcoree
@gaufrechocolatcoree

LEE NAMIN

Namin est coréenne et elle est actrice depuis 19 ans. Elle a notamment joué dans des comédies musicales comme *Cats* ou *Mamma Mia !* Elle est aussi coach vocale et enseigne les techniques de vocalisation et de prononciation à des acteurs de doublage.

@leenamin.no1

REMERCIEMENTS

Je tiens à remercier ces personnes qui, chacune dans son domaine, ont énormément contribué à la réussite de ce projet :

Kim Hyeondong

@hd_mik
Doubleur voix Yoda / Manager

Kim Dohyeong

@kimdo_0919
Doubleur voix Jake

Na Taeyang

@na_tae_yang
Doubleur voix Myeongsang / Mike

Yeom Haram

@haram_yeam
Doubleuse voix Na Yeo u

Yeri

Traductrice Correctrice

Kenny Tran

@kennyy.trn
Assistant de projet

Jeanne Bessière

@tultunubi
Guide francophone en Corée / Traductrice

Fadéla Chaim

/Fadéla_Chaïm-Allami
Romancière / Correctrice

Aurélie Moiroud

aureliemoiroud.com
Ingénieure du son / Montage des audios

Samy

@sam_myhan
Actrice / Contributrice

Marie-Catherine

Enseignante / Correctrice

Kwon Jeongeun

@zungny
Traductrice / Correctrice

AVANT-PROPOS

Avant tout, nous souhaitons vous remercier de nous avoir fait confiance en acquérant cette création. Cette bande dessinée pas comme les autres a pour but de vous faire passer un bon moment tout en vous permettant d'apprendre la langue et la culture coréennes.

Les histoires sont basées sur des faits réels qui me sont arrivés et ne représentent aucunement une généralisation de la Corée ou des Coréens.

Nous n'utilisons pas la romanisation pour l'apprentissage (sauf dans la partie des points culturels pour introduire des notions) et ce, pour une mémorisation plus efficace du coréen. Avec cette méthode, vous maîtriserez mieux l'alphabet coréen et améliorerez vos capacités de lecture.

Nous espérons que vous prendrez autant de plaisir à lire cet ouvrage que nous en avons eu à le réaliser !

Bien que cet ouvrage puisse autant plaire aux débutants qu'aux personnes ayant un niveau avancé, pour un apprentissage optimal, il s'adresse plutôt aux personnes ayant un niveau de base en coréen.

Jake

Notes sur la transcription : La transcription utilisée dans cet ouvrage suit le système adopté en juillet 2000 par le ministère du Tourisme et de la Culture sud-coréen. Toutes les lettres se prononcent. Les lettres *p, t, k, ch* désignent une consonne aspirée. *ae* et *e* se prononcent « é ». *u* se prononce « ou ». *eo* se prononce comme un « o » ouvert (cf. « rose » dans le Sud de la France). *eu* correspond à un son entre le « u » et le « eu » français. *ch* et *j* correspondent à « tch » et « dj ». La nasalisation est rendue par -ng. Seuls les noms propres courants ont été conservés dans l'orthographe en usage en Corée du Sud et/ou en France.

MODE D'EMPLOI

Afin de vous aider à faire vos premiers pas dans "Un Français en Corée, apprends le coréen en BD", voici quelques conseils pour vous guider dans l'utilisation de ce livre.

Tout d'abord, cette bande dessinée est constitué de trois parties : la BD en coréen sous-titrée de la version française, les points culturels puis l'apprentissage grammatical.

Après la bande dessinée, vous trouverez toutes les explications des points culturels mentionnés dans les histoires afin de mieux comprendre quelques spécificités de la culture coréenne. Enfin, une partie est dédiée aux notions de coréen essentielles à l'apprentissage de la langue (grammaire, vocabulaire, conjugaison...).

Vous trouverez tout au long de la BD, dans les marges, des explications sur la grammaire employée ou des renvois vers le chapitre de grammaire correspondant.

Tout au long de ce livre, disposés entre les pages, plusieurs QR codes vous permettront d'avoir accès à divers liens internet (vidéo YouTube, audios sur Soundcloud, etc.). Scannez-les sur votre smartphone et prolongez votre expérience de lecture encore plus loin !

Avant de commencer la BD, je vous conseille fortement d'apprendre à lire l'alphabet coréen ;)

MODE D'EMPLOI

En vert : pour les cas où des mots ou suffixes peuvent être omis à l'oral, on indiquera ici la formule complète (élision orale)

En rouge : pour des explications grammaticales

En bleu : pour les différents points de grammaire traités à la fin du livre

1 Élision orale = 술을

1 Il aurait pu dire de façon complète : "내가 사야 돼?".

1 Discours indirect, voir p. 232.

- Il faut prendre le bus.
- Mais avant, achetons des fruits et de l'alcool !
- Des fruits et de l'alcool ?
- Non, mais je rêve... C'est moi qui dois acheter ça ?
- Oui ! Vous pouvez considérer que ça sera pour faire une offrande au ciel afin de purifier votre âme.
- Ah ~ OK...

20

Appel de note dans le texte en coréen, par couleur et ordre d'apparition

Traduction en français des dialogues par ordre chronologique

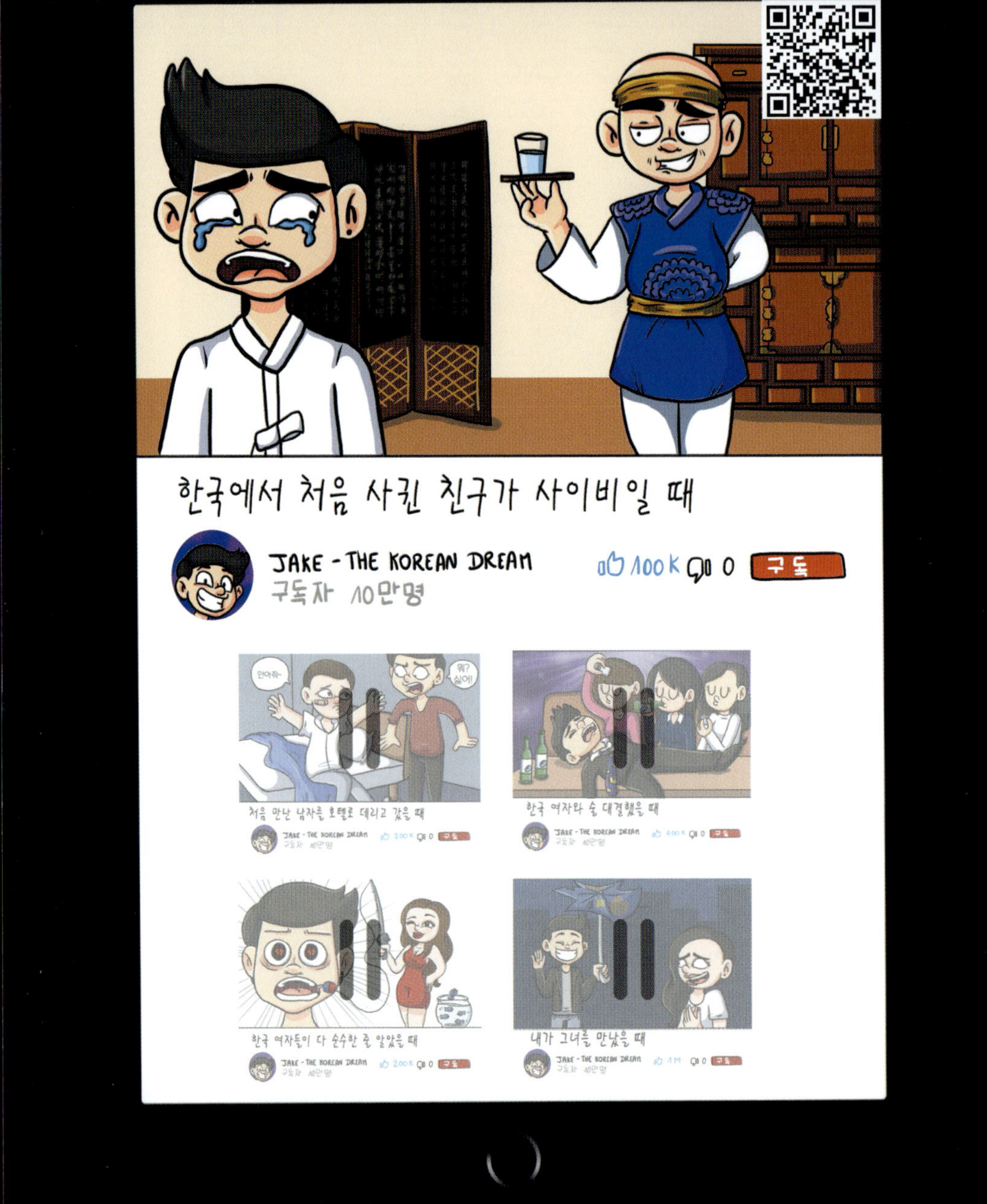

LA FOIS OÙ MON PREMIER AMI EN CORÉE S'EST AVÉRÉ ÊTRE MEMBRE D'UNE SECTE RELIGIEUSE

JAKE – THE KOREAN DREAM

1 Registre neutre au présent, voir p. 193.

1 Ici on s'exprime dans le registre familier et écrit donc 지 alors que pour le vouvoiement on aurait écrit 죠. 죠 correspond à la contraction de 지 + 요. Voir p. 227.

2 Registre neutre au passé, voir p. 194.

2 한국 = La Corée, -살이 = suffixe attaché au nom qui signifie "vivre à un certain endroit"

1 La forme grammaticale complète serait : 여행을 많이 다녀야지! Mais de façon courante, les Coréens omettent la particule 을 lorsque l'objet qui le précède est évident selon le contexte. Voir p. 199.

3 V + 어/아 보다, voir p. 207
V + -ㄹ/을 까요, voir p. 214.

4 Registre familier car le locuteur se parle à lui-même, voir p. 184.

JAKE
Nationalité : française
Âge : 29 ans

Points forts : gentil, aventurier, passionné par tout ce qu'il fait
Points faibles : naïf, radin, long à la détente

- 2015, SÉOUL
- Je suis enfin arrivé en Corée !
- Je vais devoir beaucoup voyager !
- J'ai tellement hâte d'y vivre !
- Maintenant que je vis en Corée, et si je me faisais des amis coréens ?
- Kim Myeongsang
- Je suis un apprenti en méditation.

1

Ici, le personnage passe du registre soutenu au registre du vouvoiement pour adoucir le ton et apparaître moins rigide.
Voir p. 189.

- Wow ! Génial ! C'est super rapide !
- Bonjour, Jake.
  Je m'appelle Kim Myeongsang.
  J'ai 42 ans. Peut-on se rencontrer
  ce samedi à Gangnam ?
- QUELQUES JOURS PLUS TARD...

1 Élision orale = 프랑스어를

2 La syntaxe grammaticale complète serait : 어디에서 살아요? La particule de lieu 에서 est omise pour plus de naturel.

3 La syntaxe grammaticale complète serait : 여자친구가 있어요? Lorsqu'il n'y a pas d'ambiguïtés, les Coréens font une élision orale et omettent la particule -가 dans le langage courant. Voir p. 197.

- Bonjour, Jake ~
- Enchanté Myeongsang !
- Je veux apprendre le français.
- Et aussi, je vous aiderai à trouver du travail !
- Où vivez-vous ?
- HAHAHA
- Quel est votre métier ?
- Quel est votre groupe sanguin ?
- Avez-vous une petite amie ?

1

Le suffixe -네 (요) attaché à un verbe permet de montrer que le locuteur prend conscience de ce qu'il dit à ce moment là. Ici : Wow, c'est effectivement intéressant, je vois ça.

- Ah oui ? Et sinon, quels sont vos loisirs ?
- Moi…
- En ce moment… Je suis captivé par…
- La méditation !
- Je vais dans un centre de méditation tous les weekends.
- La méditation permet de purifier votre âme.
- Wow ! C'est intéressant ça !

1

La syntaxe grammaticale complète serait : 한국인들은 정말 착하네~ . Lorsqu'il n'y a pas d'ambiguïtés, les Coréens font une élision orale et omettent la particule -는 dans le langage courant. Voir p. 196.

1

Le suffixe -긴 (qui est une contraction de -기는 하다) est une tournure pour insister sur un fait ou une action. Ici : "il est bien naïf !" ou "Mais vraiment, quelle naïveté ! "

2

La forme verbale -시죠 ajoutée à un verbe permet d'exprimer un ordre ou un impératif poli.

- Jake, ça vous dirait d'essayer une fois ?
- Oh oui !
- Ils sont vraiment sympas ces Coréens ~
- Jake du futur
- Quelle naïveté...
- Alors, allons-y !
- Oui !

1 Élision orale = 술을

1 Il aurait pu dire de façon complète : "내가 사야 돼?".

1 Discours indirect, voir p. 232.

- Il faut prendre le bus.
- Mais avant, achetons des fruits et de l'alcool !
- Des fruits et de l'alcool ?
- Non, mais je rêve... C'est moi qui dois acheter ça ?
- Oui ! Vous pouvez considérer que ça sera pour faire une offrande au ciel afin de purifier votre âme.
- Ah ~ OK...

• 9 000 wons pour 4 pommes ?!

1

Voir p. 226.

1

Le suffixe -나(요) attaché au radical d'un verbe permet de formuler une question qui indique que le locuteur est curieux de connaître la réponse. Ici le locuteur n'est pas sûr de la réponse, il se pose la question à lui-même.

- C'est tellement cher !
- Bananes
- 4 000 wons
- Raisins
- 13 000 wons
- Pastèques
- 19.000 wons
- Ça fera 17 000 wons, SVP ~ (Environ 13 €)
- Je suis obligé d'acheter ça ?

1 Forme réduite de l'interdiction : 걱정말아요. Voir p. 224.

1 À noter que 재밌다 est une contraction de 재미있다.

1 Élision orale = 사람들이

- Ne vous inquiétez pas...
- Vous verrez, après avoir essayé, ça sera amusant !
- Après avoir commencé la méditation, ma vie a changé.
- Revoyons-nous souvent !
- Vous verrez, vous allez aimer.
- Au centre, ce sont tous des gens bien.

- UNE HEURE PLUS TARD...
- Nous sommes arrivés ! C'est ici !
- TADA ~
- DANS UNE BANLIEUE DE SÉOUL...
- Et si je rentrais chez moi plutôt...

1 La locution verbale 갈아 입다 est la contraction de 갈아서 입다 qui est composée de deux actions successives (갈다 = se changer et 입다 = se vêtir).

• Allez ! Enfilez ce *hanbok* !

1
건 est la contraction de 것은

2
Littéralement : 무슨 = quel, 일 = affaire, chose, 생기는 (생기다) = se former, apparaître.

1
Élision orale = 일이

- Oui !? Je dois enlever mes vêtements ?
- Bien sûr ~
- Mais pourquoi je suis venu ici ?
- Ça ne va pas mal se finir, j'espère...
- Passons à la prochaine étape !

1 Verbe + 주세요 permet de faire une requête. Voir p. 222.

1 걸 est la contraction de 것 + 을

- Juste en-dessous, écrivez un vœu que vous souhaitez pour vous-même.
- Puis un vœu que vous souhaitez pour votre famille.
- Et pour finir, écrivez le plus grand regret de votre vie.
- Écrivez vos nom et date de naissance sur ce parchemin.

1

Registre honorifique, voir p. 200.

1

-더라 rattaché à un verbe permet de déclarer quelque chose de basé sur l'expérience du locuteur. (Par rapport à mon expérience, je remarque que...) Dans ce contexte, -더라 permet au locuteur de se poser lui même une question dont il cherche la réponse au sein de sa propre expérience.

2

Voir p. 217.

3

Voir p. 232.

- Hmm un regret dans ma vie... Qu'est-ce que ça peut bien être ?
- Parfait ! Suivez-moi maintenant ~
- WAAAAAH ~ Mais c'est quoi cette lumière brillante et aveuglante ?
- Allez ! Nous allons commencer votre cérémonie de baptême !
- MA QUOI ?!

1

-면 돼요
exprime une autorisation. Littéralement, on traduirait ici par "Tu peux me suivre maintenant." (Si tu me suis, il n'y a pas de problème.)

- C'est pas maître Yoda ?!
- Maintenant, fais la même chose que moi.
- C'est parti ?

1

Cette phrase est composée de 2 propositions relatives qui dépendent du mot 주문 : 갑자기 시작된/ 이해할 수 없는.

1

Action en cours, voir p. 203.

2

Contraction de 해야 되는 것인가. On peut former une phrase interrogative en rajoutant -은/는가(요) ? C'est une manière un peu indirecte de poser une question à la fois à soi et à un interlocuteur. Correspond à : "Je me demande si...", cf -나(요)?

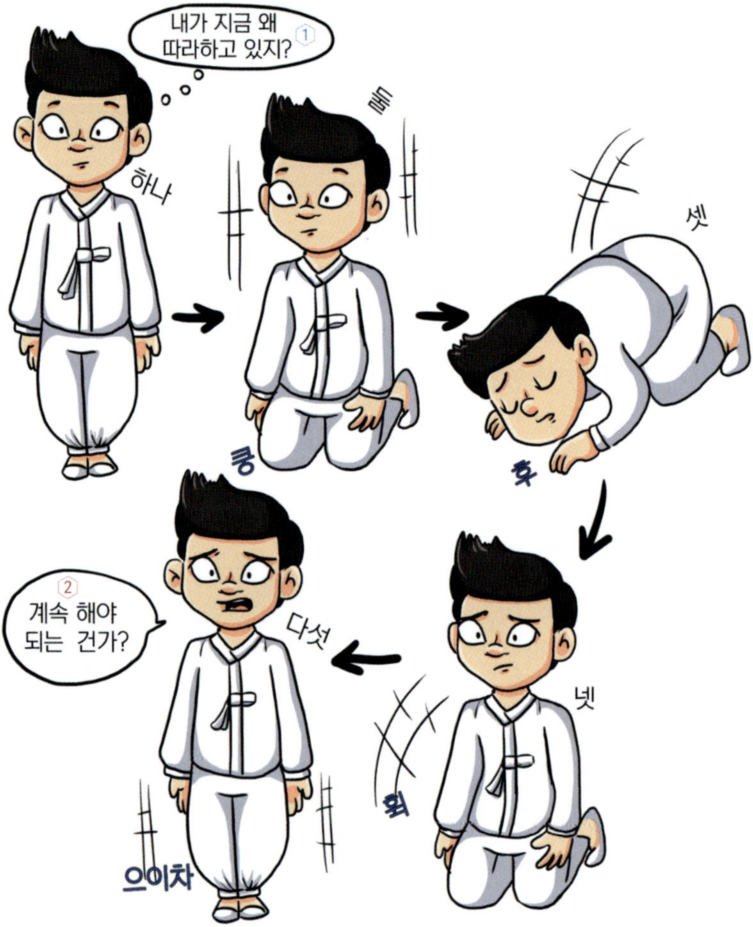

- Récite tout à coup des paroles incompréhensibles
- Mais pourquoi je suis en train de le suivre maintenant ?
- Un. Deux. Trois. Quatre. Cinq
- Il faut que je continue de faire ça ?

- Un. Deux. Trois
- Un. Deux. Trois

1 Voir p. 227..

- Combien de fois encore on va devoir faire ça ?
- Seulement 50 fois de plus ! Pour réaliser les vœux de toute une vie, c'est plutôt facile non ?
- J'en peux plus maintenant !

1 Forme de défense (impératif négatif), voir p. 224.

PARCHEMIN DES VŒUX

1. Faites que je rencontre BOA.
2. Faites que mon petit frère devienne riche et m'achète une maison.
3. Effacez chez tout le monde le souvenir de la fois où j'ai dansé tout nu en 1998.

- Finalement, j'ai fait en tout 108 prières...
- Quelle bonne poire
- Crétin
- Imbécile
- Ne fais plus confiance !
- Pourquoi je suis venu ?
- Arrête de croire n'importe qui
- Idiot
- Quel sacré abruti
- Bravo ! Vous vous êtes donné à fond Jake ! Maintenant il ne reste plus qu'à brûler le parchemin.

1

La syntaxe grammaticale complète serait : 너무 목이 마른데. Lorsqu'il n'y a pas d'ambiguïtés, les Coréens font une élision orale et omettent la particule 이 dans le langage courant. Voir p. 197.

1

-이나 attaché au nom dans ce cas-là permet d'exprimer une idée de grande quantité. "Je viens de faire pas moins de 108 squats ! (C'est beaucoup !) "

- Voici de l'eau sacrée. Buvez-la.
- Est-ce que je devrais boire ça... ?
- Mais j'ai trop soif...
- Que faire ?
- Tous tes problèmes vont disparaître !
- Je viens de faire 108 squats !! Évidemment qu'elle est sacrée !!
- SLURP
- Ah ! Je revis !

1

Lorsque le suffixe -(으)러 est associé aux verbes 가다 = aller et 오다 = venir, on exprime le fait d'aller ou de venir à un endroit dans le but de réaliser une action.

2

La structure -기로 하다 permet d'exprimer le fait d'avoir décidé de réaliser une action.

3

Littéralement : Avec ta maman, venez ensemble !

- Je... vais devoir y aller maintenant. Je vais faire du poney dans 30 minutes. Et aussi, je dois voir ma mère après.
- Déjà ?
- À quelle heure, ça finit ?
- Et si on en faisait ensemble ?
- Revenez avec votre maman !
- Nous exaucerons aussi les vœux de votre mère !
- On a dit qu'on allait se voir souvent !
- Il me manque déjà !

그날 밤…

1 Verbe conjugué au passé, voir p. 190.

1 En règle générale, pour parler de la mère de quelqu'un d'autre, on utilise plutôt le nom honorifique 어머니 ou 어머님.

- Oui... he he
- Je... Donc...
- Sur ce...
- Le même soir...
- Enchanté de vous avoir rencontré aujourd'hui !
- La prochaine fois, venez avec le poney !
- Avez-vous bien vu votre maman ?

다음 날...

1 Voir p. 205.

다음 주 ...

1 **-ㄹ/을래요** est un suffixe attaché à un verbe qui permet d'exprimer la volonté de réaliser l'action de ce verbe.

다음 달

2 Voir p. 226.

- Le jour d'après...
- Kim Myeongsang (le cinglé)
- Quand est-ce qu'on se revoit ?
- Vous me manquez.

- La semaine d'après...
- Kim Myeongsang (le cinglé)
- Avez-vous bien déjeuné ?
- Que faites-vous aujourd'hui ?
- Est-ce que vous voulez méditer avec moi ?

- Le mois d'après...
- Kim Myeongsang (le cinglé)
- Nous sommes amis.
- Répondez-mois, Jake !
- Nous nous amusions bien.

1

Le suffixe -나 attaché à un verbe dans une question permet de montrer que le locuteur est spécialement curieux de connaître la réponse.

1

-던 est un suffixe que l'on ajoute à un radical de verbe pour faire une proposition relative à l'imparfait.
-뿐 signifie seulement/juste après un nom.
-인데 voir p. 229.

- Kim Myeongsang (le cinglé)
- Ce que je souhaite, c'est seulement vous aider à purifier votre âme. Revenez… S'il vous plaît !
- Mince, je me sens mal de l'avoir bloqué sans lui répondre.
- Est-ce que je devrais le débloquer ?
- Non !! Reprends tes esprit, Jake ! Ne sois pas crédule ! Ne sois pas crédule !
- Je voulais juste me faire des amis…
- Mais au lieu de ça, je suis tombé sur le membre d'une secte~~~ !!
- Mais ne vous inquiétez pas, malgré cela, il y a beaucoup de gens bien en Corée !

LA FOIS OÙ JE PENSAIS QUE TOUTES LES CORÉENNES ÉTAIENT INNOCENTES....

JAKE – THE KOREAN DREAM

1

Voir p. 236.

2

Registre familier car ce sont des pensées du locuteur qui se parle à lui-même.
Voir p. 184.

- Aujourd'hui, je suis venu explorer un club qui a la réputation d'accueillir du beau monde.
- Trop âgée
- Trop jeune
- Trop sage

- Waaaaaah parfaite !!!
- On dirait la chanteuse Jessi !!!

- Visage : OK !
- Cheveux : OK !
- Corps : OK !
- Danse : OK !
- Tu es très jolie !
- Oui, je le sais bien !
- Cible verrouillée !

① Élision orale =
오늘은

① À noter que
재밌다 est une
contraction de
재미있다.

② Élision orale =
연락처를

① Capacité à faire quelque chose, voir p. 215.

- C'était très sympa ~ Mais je dois partir maintenant.
- Oh mince...
- Attends !! Tu pourrais me donner ton numéro ?
- Bien sûr *oppa* ~

1

며칠 est originaire du mot 몇을 (plusieurs jours) qui s'est transformé en 며츨 puis en 며칠 pour faciliter la prononciation.
À ne pas confondre avec 몇일 qui n'est pas correcte.

- Quelques jours plus tard...
- Coucou *oppa* ~ Ça va ?
- On s'appelle au téléphone un peu plus tard ?
- Oh mais c'est Jessi !

1 Forme abrégée du discours indirect, voir p. 232.

1 -고 싶다는 est une forme de discours indirect : "Elle a dit qu'elle voulait..." -거지 est la contraction de -것이지, où la particule -지 permet de faire une phrase interrogative pour demander une confirmation d'un fait. En combinant les deux structures, on peut traduire littéralement par "Elle a bien dit qu'elle voulait m'appeler au téléphone, c'est bien ça ? "

- Attends !! Elle a dit qu'elle voulait m'appeler ?
- Je vois ~ Elle veut m'appeler ~ ?
- Le soir...
- Quand
- Va-t-elle
- M'appeler... ?

1 Ici, -던 permet d'exprimer une action ou un comportement dans le passé qui n'est pas encore terminé.

1 Élision orale = 프랑스를

- Et finalement, l'appel tant attendu est arrivé !!
- Tu aimes bien la France ?
- Ah ~ Bernard Werber !! Je le connais très bien ~ C'est mon gars sûr !
- Ha ha ha vraiment ?
- Puis on a papoté pendant de longues heures

Élision orale = 프랑스요리를

만들어 준 거 est l'abréviation de 만들어 준 것을 qui désigne le fait de préparer quelque chose pour quelqu'un.

Discours indirect, voir p. 232.

- Ça te dit d'aller manger français demain ?
- Non ! Moi, je préfère que tu me fasses à manger. Est-ce qu'on peut aller chez toi ?
- Oh !? C'est un premier rendez-vous et elle a dit qu'elle voulait venir chez moi ?!

1 La forme -ㄹ/을걸(요) permet de réfuter une déclaration dont on a des doutes et peut aussi être utilisée pour faire une supposition.

- Le jour du rendez-vous
- Du lait
- Du sel
- Et un tas de pommes de terre
- Ça sera le plat le plus délicieux qu'elle ait jamais goûté !
- Comment ne peut-elle pas être charmée après tout ça ?

- Quand il me prend dans ses bras
- Tenue ? Ok ! Parfum ? Ok !
- Tout est parfait !
- DING - DONG

♫ 샬랄랄랄라~ ♫

- Coucou oppa ~

1 Élision orale = 와인을

1 Rattaché au verbe, -겠다 signifie "Il me semble que" / "Ça a l'air" / "J'imagine que". Dans ce contexte, "맛있겠다!" qui est une expression souvent utilisée par les Coréens, signifie littéralement : "Ça a l'air délicieux"

- Tu aimes le vin ?
- Oui j'aime beaucoup ~
- Santé ~
- Voici le premier plat ~
- Ouaah ~~ ça va être délicieux !!

1

야 est le verbe 이다 (être) conjugué au présent dans le registre familier. Voir p. 187.

- La gratin dauphinois
- Ensuite... Le dessert, ce sera moi !

1 Verbe conjugué au registre familier, voir p. 184.

1 재밌어 est une contraction de 재미있어.

2 Dans ce contexte, -더라 permet d'exprimer une affirmation qui dérive d'une expérience personnelle. Ici le personnage exprime sa préférence pour les hommes qui ont de l'humour par rapport à son expérience personnelle. "J'ai tendance à aimer/préférer..."

- *Oppa*, tu es trop marrant ~ J'aime beaucoup les hommes comme toi qui ont de l'humour ~
- Allez, viens par ici !

1 우린 est une contraction de 우리는.

2 을 땐 est une contraction de 을 때는

3 내게 est la contraction de 나에게 (envers moi).

1 Cette expression est composée de 3 mots : 관심 (intérêt), 없다 (ne pas exister) et 보이다 (montrer). Littéralement, cette expression signifie "ne pas montrer d'intérêt".

2 La structure Adjectif + 어/아/해 + 졌다 permet d'exprimer un changement d'état et se traduit par "devenir + adjectif ".

- À partir de ce jour-là, on passa beaucoup de temps ensemble.
- Pourtant, il y avait quelque chose d'assez étrange dans son comportement...
- Quand on était ensemble, elle était très affectueuse...
- Mais dès qu'elle rentrait chez elle, elle devenait très distante. Et ça me rendait de plus en plus anxieux.
- Elle a lu mon message, pourquoi elle ne répond pas... ?

1
-는 듯하다
exprime une supposition.

2
Le radical du verbe + 기 permet de transformer le verbe en un substantif.

3
Verbe d'action+ 는 중입니다 signifie être en plein milieu d'une action. "Je suis en train de faire mes ongles (en ce moment même)".

- Petit à petit, on aurait dit qu'elle m'évitait...
- Je n'ai pas de fringues à mettre pour sortir
- J'ai fait une grasse matinée...
- J'étais à l'anniversaire de ma grand-mère
- Je n'avais plus de batterie :(
- Je me suis dis
- Je suis en train de me faire les ongles ~
- Mon chat est malade, je suis inquiète...
- Ça ne peut plus durer !
- Il faut qu'on se voie. On doit parler en personne.

- *Oppa ~*
- Pourquoi te comportes-tu comme ça avec moi ?

1 La locution -ㄹ/을까 봐 permet d'exprimer une inquiétude rattachée au verbe. Dans ce contexte "Je m'inquiétais du fait que tu puisses partir soudainement."

1 Voir p. 188.

2 Voir p. 232.

- Pour être honnête... J'ai peur que tu partes du jour au lendemain.
- C'est pour ça que j'ai du mal à m'ouvrir...
- *Oppa*... Je t'aime !
- Elle a dit quoi !?

1

Discours indirect, voir p. 232.

2

Dans ce contexte -겠지 exprime une supposition. Voir p. 217.

- Elle m'aime ?
- Vraiment ?
- Elle a dit qu'elle m'aimait ?
- Oppa je t'aime ?
- Moi ?
- Yeo U a dit qu'elle m'aimait !!
- J'avais tout faux ! Évidemment qu'elle est sous pression ! Quel idiot !!! Je ne connais vraiment pas les femmes...
- Je suis vraiment désolé...

- Ensuite, je me projetai dans un avenir radieux auprès d'elle.
- Chérie ~
- Oui ~
- Il te ressemble ~
- Allez mon fils !
- Chéri ~ ça va tes genoux ?

1
내게 est la contraction de 나에게

그때부터 그녀는 자꾸만 내게 (1)
사랑을 확인받고 싶어 했다...

1
Action continue dans le passé. Voir p. 203.

맞다...난 그녀를 무척 사랑하고 있었다... (1)

- Depuis ce jour, elle n'arrêtait pas de me demander si je l'aimais...
- *Oppa ! Oppa !!*
- Tu m'aimes ?
- À quel point tu m'aimes ?
- Dis-moi que tu m'aimes ~
- Dis-le ~~
- Hein ?!
- Tu es vraiment amoureux de moi ?
- C'est vrai... Je l'aimais comme un fou...

1 La locution (으)면 좋겠다 permet d'exprimer le souhait. (Je souhaite/J'espère que...)

- Le jour de mon anniversaire...
- J'ai hâte que Yeo U arrive !

1

Élision orale = 일이

1

오긴 = 오기는, c'est à dire le verbe 오다 (venir) avec la formule "verbe + -기는 하다" exprimant l'insistance sur une action, ici : "venir vraiment". 하는 거야 est une forme interrogative du verbe 하다.

- 1ER APPEL
- Oh... Pourquoi elle ne vient pas ?
- 10ÈME APPEL
- Il ne lui est rien arrivé, j'espère ?
- 42ÈME APPEL
- Mais c'est quoi ça !? Elle va venir ou pas ?

- Le jour suivant...
- *Oppa* ~ Hier j'étais trop saoule
- Ma pote m'a confisqué mon téléphone hahaha
- Quoi ? Elle ne s'excuse même pas ?

1
-에 대하다 signifie "à propos de"

1
얘기 est la contraction de 이야기

1
Conjugaison du verbe 이다 au présent dans le registre familier, ici avec l'interrogatif 뭣 à l'oral. Voir p. 187.

- J'AVAIS DE LA PEINE ET J'EN PARLAI À MES AMIS CORÉENS...
- Ce soir-là, elle était avec un autre homme, c'est sûr !
- C'est une 어장관리 !
- Oublie-la...
- Hein !? C'est quoi une 어장관리 ?

1 La particule 란/(이)란 est l'abréviation de (이)라는 것은. C'est une particule de thème attaché à un nom qui permet d'annoncer le fait qu'on va expliquer ou définir le nom en question. "Lorsqu'on parle de 어장관리, ça veut dire que..."

2 On trouve la présence de la particule de thème -는 attaché au verbe " 사귀다" (fréquenter quelqu'un) pour souligner le sujet de la phrase. La suite de la phrase décrit bien le fait de "fréquenter quelqu'un".

3 La locution -척하다 signifie "faire semblant de"

4 L'adverbe 마치 signifie "comme si/ similaire à" et peut être combiné avec "처럼" qui veut dire "comme"

5 마음에 들다 veut dire littéralement "entrer dans le cœur" et signifie plaire/aimer.

6 La locution -기도 한다 attaché à un verbe signifie "également". Ici, "...pour également combler sa solitude !"

- Lorsqu'on parle de 어장관리, (qui signifie en coréen « élevage de poissons »), c'est pour désigner une personne qui ne fréquente pas réellement quelqu'un, mais qui fait comme si elle était dans une relation tout en courtisant d'autres personnes du sexe opposé.
- Jusqu'à ce que cette personne rencontre quelqu'un qu'elle aime vraiment, elle va « élever » des poissons afin de combler sa solitude !
- Et bien sûr, les poissons ne sont pas au courant...

이들은
어장관리를 위해
거짓으로
사랑을 속삭이기도
한다.

어장 속 물고기들이 많을수록 ①
더 자기 멋대로 행동하며
그 상황을 즐긴다.

1

La structure -을수록 더 permet d'introduire l'idée de double comparaison : "plus,...,plus".

또한, 진정한 사랑을 ②
만나면 홀연히 사라졌다가,
헤어지면 다시 나타난다.

2

Après un radical au passé, l'ajout de -다가 permet d'expliquer une action terminée qui entraîne une action opposée.

- Pour maintenir son « élevage de poissons », cet individu déclare son amour de façon mensongère.
- Plus la personne a des poissons à ses pieds, plus elle se comporte de manière capricieuse tout en se réjouissant de la situation.
- Ainsi, lorsqu'elle tombe vraiment amoureuse de quelqu'un d'autre, elle disparaît sans laisser un mot. Puis lorsqu'elle rompt, elle réapparaît comme par magie !

1 V + -기로 결심하다 = décider / se résoudre à

2 = 헷갈리다, forme originelle.

- Je suis vraiment un imbécile...
- Même si je l'aimais, pour mon bien, j'ai décidé de lâcher prise.
- Je me suis échappé de l'aquarium pour retrouver la paix et la liberté !
- Gardons en tête que si une personne vous aime vraiment, elle ne cherchera pas à vous manipuler.

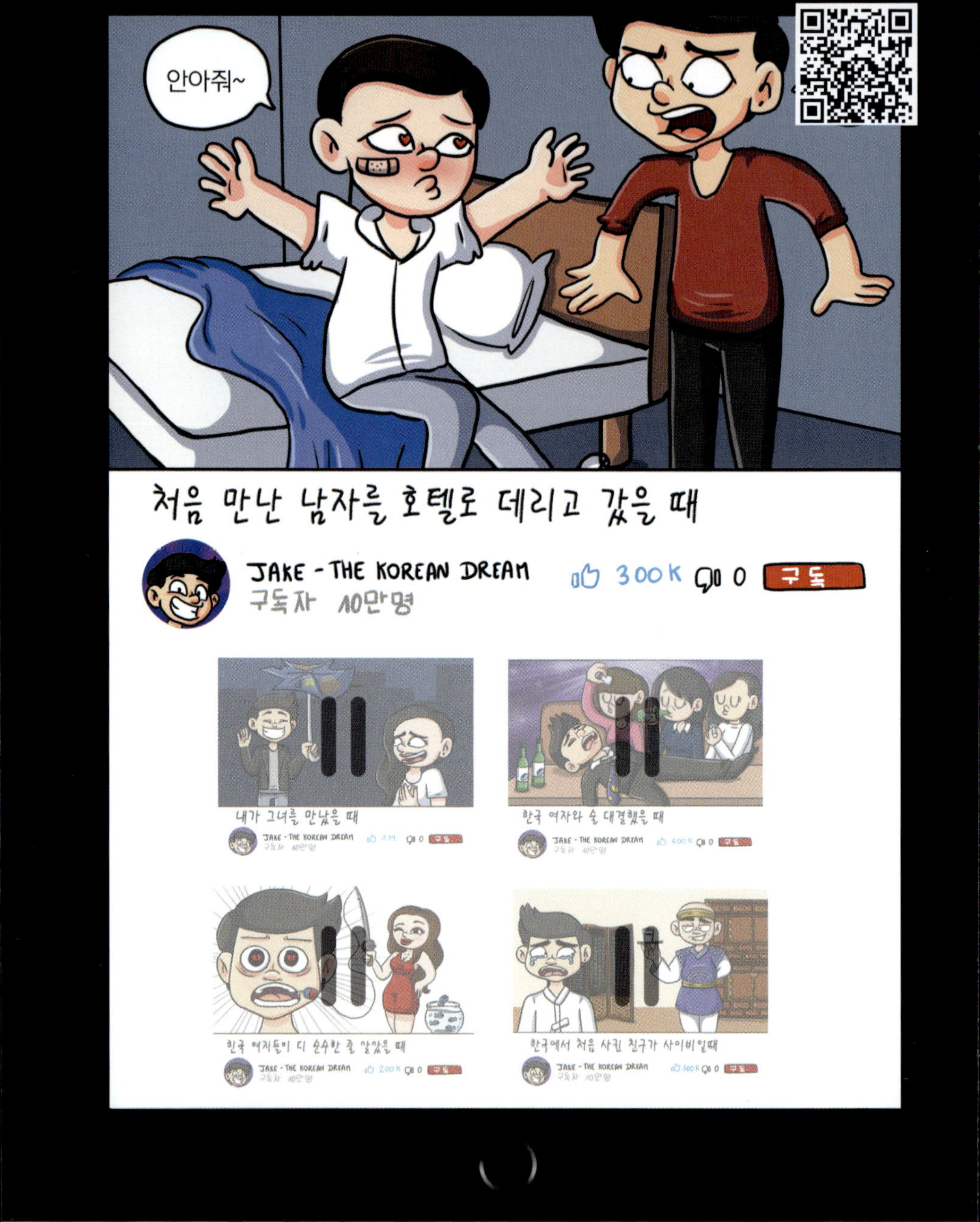

LA FOIS OÙ J'AI RACCOMPAGNÉ UN HOMME QUE JE VENAIS DE RENCONTRER À SON HÔTEL

JAKE – THE KOREAN DREAM

- Bière
- *Soju*
- En tant que clubber professionnel, je fréquentais les boîtes de nuit quasiment tous les jours.
- Je connaissais donc la culture de la vie nocturne en Corée sur le bout des doigts.
- Tout à coup, une idée m'a traversé l'esprit !

1
Voir p. 214.

1
V + 고 = V + et/puis

- Et si je devenais... guide de soirée ?
- Je pourrais à la fois continuer de faire la fête ~
- Rencontrer de nouvelles personnes ~
- Et même gagner de l'argent pour ça !

1 Élision orale = 삼겹살을 먹고

1 Verbe + -어/아서 permet d'exprimer qu'une action se déroule après l'autre, avec une nuance de causalité.

2 -며 après un radical de verbe exprime deux actions simultanées : "En faisant..."

3 Radical du verbe + 은/는 듯이 signifie "comme". Dans ce contexte, la traduction littérale de 미친 듯이 est "comme des fous".

- Pour mettre en œuvre mes plans, je me suis donc directement inscrit sur un site de voyages.
- \- Le planning prévu -
- On commence par manger du *samgyeopsal* au premier round,
- Puis au second round on enchaîne avec une tournée des bars pour prendre un verre,
- Finalement, on termine la soirée en folie dans des clubs connus !

1

Élision orale = 지금은

1

-기 전에 attaché à un verbe signifie "avant de...".

- Et voilà ! Je n'ai plus qu'à attendre des clients.
- Ouah ! Déjà ?!
- Mike, 20 ans
- Bonjour ! Je m'appelle Mike et je viens de Singapour. Je suis en voyage à Séoul en ce moment. Avant de rentrer, j'aimerais bien expérimenter la vie nocturne coréenne !

1. Élision orale = 질문이 있어요

2. Élision orale = 게이클럽에

1. -ㄴ/는 적 없다 signifie n'avoir jamais expérimenté quelque chose. L'opposé est -ㄴ/는 적 있다 : avoir déjà expérimenté quelque chose.

2. -지만 après le radical du verbe, permet d'exprimer un contraste entre deux actions et peut se traduire par "mais".

- Youpi ! Mon premier client !
- Mike, 20 ans. Au fait... j'ai une question. Est-ce que tu es gay ?
- Hein ?!
- Non, pourquoi ?
- Ah d'accord ! Est-ce qu'on pourrait aller dans un bar gay ?
- Mince alors... Je n'ai jamais été dans un bar gay...
- Allez, c'est mon premier client, je le fais !
- Malheureusement je ne suis pas gay, mais je pourrais t'emmener dans un super club gay. À demain à 19h30 :)

- 19H
- Ah je suis nerveux... Est-ce que je vais assurer ?
- Je peux le faire !!
- Salut Jake !
- Mike !

1 Élision orale = 한국 남자를 좋아해요

1 Verbe + 야 만다 exprime une forte volonté d'accomplir quelque chose. "Il faut absolument que je l'aide !"

- J'ai 20 ans et je suis étudiant.
- C'est la première fois que je viens en Corée du Sud.
- Et... J'aime bien les hommes coréens...
- Très bien ! Ce soir je vais lui trouver un copain coréen !

1

-구나 particule exclamatoire qui permet d'exprimer les impressions du locuteur qui se parle à lui-même lorsqu'il vient juste d'apprendre ou de réaliser un fait. Avec un interlocuteur, 군요 peut s'utiliser de manière polie.

- Ah ~ J'ai le ventre plein !
- C'est donc ça le *samgyeopsal*. J'ai bien mangé !
- Tu es prêt pour le deuxième round ? Maintenant on va aller prendre un verre !
- Ici c'est un bar pour draguer ~
- Ici, c'est un endroit tendance !
- Ici, c'est un restaurant tenu par une célébrité coréenne !

- Trop bon !
- Heu ? C'est bizarre... C'est une bouteille d'eau que tu bois mais ça sent l'alcool...

1

너도 줄까?
(Littéralement : Toi aussi, je devrais t'en donner ?) est la contraction de 너에게도 줄까?

- Ça, c'est de la vodka. T'en veux ? Tu sais, c'est pour se mettre dans l'ambiance !
- SVP ! 4 shots de tequila !

1 을게 est une forme de futur qui exprime l'intention de faire quelque chose. On aurait pu dire "사줄게" également.

1 -겠어 exprime ici à la fois le futur mais également un sentiment d'inquiétude de la part du locuteur qui recherche une confirmation pour rassurer son inquiétude. "Ça va aller ?", voir p. 217.

- Jake, je te les offre !
- Ah vraiment ? Merci !
- Et d'un !
- Et de deux !
- Deux tequilas de plus, s'il vous plaît !
- Ça va aller ?

1

여긴 est la contraction de 여기는

2

Élision orale = 빨리 게이클럽에 가자

- Maintenant, et si on commençait la fête !?
- C'est nul ici, il n'y a que des hétéros. Allons dans un club gay !
- O...kay allons-y !
- En arrivant dans le club, je n'en crus pas mes yeux...

1 자기 est en général utiliser pour appeler sa/son partenaire (Chéri(e))

2 Le terme 오빠 est employé ici par un homme car il s'agit d'un usage gay du terme.

- Salut chéri ~
- Mon dieu mais quel bel homme ~
- Oppa ~ on peut s'embrasser ?

1

Élision orale = 전화번호가 뭐야?

2

Élision orale = 남자친구가 있어?

- Pendant ce temps-là...
- C'est quoi ton numéro ?!
- T'es vraiment beau ~ Tu as un copain ?
- Heu... Je...
- Mike ! Il est temps de rentrer !
- Mais attends ! J'étais sur le point de pécho là !

1 데려다 = radical de 데리다 + -어다 contractés pour permettre de relier ce verbe au verbe suivant 주다. Le verbe 데리다 signifie "accompagner" et 주다 exprime qu'on fait l'action pour quelqu'un. Cette locution peut-être utilisée telle quelle.

2 넌 est la contraction de 너는

1 Voir p. 210.

- C'était la meilleure soirée de ma vie !
- Son hôtel est trop proche pour prendre un taxi...
- T'es capable de retrouver ton hôtel ? Tu veux que je te ramène ?
- Toi ! T'es mon meilleur ami maintenant !

1

웡 (ajout de -ㅇ pour faire un son nasal), employé par les Coréen(e)s pour faire du 애교 qui est un comporte-ment caractérisé comme mignon.

- Merci ~~~
- T'es vraiment un ange ~
- Jake, tu es trop adorable ~
- Pouah ! Il sent l'alcool !
- Mais... Pourquoi il pleure ?

1 이걸 est la contraction de 이것을

- Hey Mike ! Tu vas où !? Pourquoi tu cours !? Ton hôtel n'est pas par là !
- Ah... Mais quelle galère... Est-ce que je pourrai continuer à faire ça pour les autres soirées ?
- Adieu... Mon argent...

1

Élision orale = 전화를 좀 받아라

1

Impératif familier, voir p. 221.

2

Élision orale = 어디에 있는 거야

1

Cette expression est utilisée pour ridiculiser les remarques ou actions prétentieuses d'une autre personne. Le locuteur pense en prononçant ces mots : "Mais pour qui tu te prends toi !"

- Allez, décroche !
- Mais où est-il ?
- Miiiiiike
- Oh... Mon... Dieu...
- Arff mais t'esquives bien toi dis donc !

1 얘 est la contraction de 이 아이

1 Élision orale = 밴드를 붙여야 되겠다.

2 Élision orale = 편의점에 가자

- Jake... Aide-moi
- Il sait bien se battre !
- Qu'est-ce qu'il s'est passé !?
- Il faut te mettre un pansement. Allons dans une supérette.

1

이번엔 est la contraction de 이번에는

1

Élision orale = 물을 마셔

1

Registre familier au présent, voir p. 184.

- Tiens, bois de l'eau. De la vraie cette fois...
- Voilà un sparadrap.
- Merci Jake.

- On y va, je t'emmène à ton hôtel.
- Fais-moi un câlin !
- Quoi ? Non !

- Jaaaaaake !
- Reste avec moi ce soir !
- Quoi !?
- C'est mort !

1 Élision orale = 알람을 맞춰

1 뒤 signifie après, on aurait pu utiliser 후

2 Locution verbale composée de 맞춰(서) + le verbe auxiliaire 놓다 qui indique que l'action ou l'état évoqué persiste toujours.

다음 날

- Dans 3 heures il part, mais va-t-il réussir à se lever ?
- Je te mets l'alarme, ensuite j'y vais !
- Adieu Mike !
- Quelle soirée...
- Le lendemain
- Téléphone de Jake

1 Élision orale =
비행기를
놓쳤어

2 Élision orale =
술값은 다시 줄
수 있어?

- Mike
- Jake... J'ai raté mon avion...
- Par hasard... est-ce que tu pourrais me donner l'argent des verres que je t'ai payés ?
- Il est sérieux là ?!
- J'en peux plus de lui !

1 Voir p. 216.

- Je suis guide de soirée, je ne suis pas ta nounou ! Ces verres-là, tu me les as offerts ! Je ne vais pas te les rembourser !!!

1

어떡하지 est une contraction de 어떻게 하지.

1

괜히 = 공연히 signifie inutilement, pour rien, sans raison.

- D'accord... Merci Jake. Bon. Je dois y aller. Je raccroche.
- Finalement, Mike est rentré à Singapour et a dit qu'il me laisserait un commentaire...
- Ah c'est vrai ! Le commentaire... Qu'est-ce qu'il va mettre ? On dirait qu'il s'est fâché pour rien...

1 넘기다 signifie franchir ou dépasser. Il est parfois utilisé pour parler d'alcool en cas d'excès.

2 -ㄹ/을 수도 있다 permet d'exprimer la probabilité qu'une action puisse se passer. ("Ça pourrait arriver...")

- Mike
- Tout au long de l'expérience, Jake m'a chaleureusement accueilli comme un ami. Le repas était délicieux et on a passé de bons moments dans les clubs. Alors que j'étais très saoul, Jake m'a raccompagné à mon hôtel. Il s'est vraiment donné de la peine pour moi ~ Merci ~
- PS : surtout, ne buvez pas 8 shots de tequila !
- Quel soulagement !! Je vais pouvoir continuer les visites !!
- L'alcool peut être votre ami mais aussi bien devenir votre pire ennemi... SVP buvez toujours avec modération !

LA FOIS OÙ J'AI DÉFIÉ DES CORÉENNES À BOIRE

Jake – The Korean Dream

- The Korean Company
- Jake - Manager

1 Registre familier au présent, voir p. 184

- Jake !
- Oui, patron !
- Dans quelques jours des investisseurs issus de la famille royale de Thaïlande vont venir ici !
- Et cette fois, c'est toi qui vas être responsable de la présentation de ce projet !

1

(으)ㄹ텐데 exprime une expectative future (Je suppose que/J'imagine que"). Cette structure sert aussi à exprimer le conditionnel français.

- Quoi ? Il a dit la famille royale ?
- Ce pourrait être une bonne opportunité pour moi...
- Oui patron ! Comptez sur moi !
- Je vais faire de mon mieux !

1 Élision orale = 공부를 해야 겠다

- Comment je vais faire pour les saluer ? Est-ce que je leur serre la main ? Ou je le fais à la coréenne en me penchant ?
- Est-ce qu'ils viendront vêtus de costumes traditionnels thaïlandais ?
- Ah ! Il faut que j'apprenne le thaï !
- *Sawat di khrap* : Bonjour
- Parfait ! Je suis prêt !
- *Kop khun khrap* : Merci
- *Yin dii tii dai roo jak khrap* : Enchanté

- Le jour de la réunion
- Président Lee
- Vice-président Park
- Un autre manager
- Et... Moi
- Ils sont arrivés !
- * stressé *

- Bienvenue !
- En Corée, lors d'une rencontre professionnelle, il est de coutume d'échanger ses cartes de visite après les salutations.
- Les salutations se font dans l'ordre hiérarchique.

1 Élision orale = 내밀자마자

- Mais quand je me suis avancé pour la saluer, elle est partie en m'ignorant...
- Hein ?!
- *Sawadikhrap*... Je me suis tellement entraîné pour le prononcer en plus...
- Ils ont peut-être cru que j'étais juste un petit stagiaire...
- SALLE DE RÉUNION

1 -께 est la forme honorifique des particules 에게 et 한테 qui signifie "envers" et s'adresse à des personnes importantes pour marquer un plus grand respect.

1 Voir p. 193.

- Mesdames et messieurs, je vous présente Jake, notre chef de service !
- Il est français et il va vous présenter ce projet.

1

-ㄴ/은 줄 알았다 permet d'exprimer le fait de savoir déjà quelque chose ou bien d'avoir pensé savoir quelque chose. (Je pensais que c'était un élève./ J'ai cru que c'était un élève.)

2

어려 = jeune et
보여 = paraître

3

Nom + **-로 인해** exprime la cause.

- Je pensais que c'était un étudiant...
- Ce n'était pas un stagiaire ?
- Il fait si jeune...
- En raison de la conjoncture actuelle dans le monde, il résultera un changement de paradigme dans l'industrie de la publicité.
- Grâce au développement du big project, les revenus de nos clients ont, en moyenne, augmenté de 15 millions de dollars l'année dernière.
- Je peux vous assurer que notre technologie brevetée est considérée comme la plus efficace et la meilleure de Corée... Je veux dire du monde !

1
Voir p. 193.

- C'est tout pour moi ! C'était Jake. Merci !
- Ouah génial
- C'était impressionnant ! Voici ma carte de visite.
- Merci !
- Bien joué Jake !

- On se voit à la prochaine rencontre ~
- Bien joué, Jake !
- Bon boulot !
- Grâce à toi, je pense que ça va bien se passer !
- Merci !
- Pour fêter ça, allons boire un coup ~
- Oui ~ hé hé

1

La phrase ici est tronquée et le verbe sous-entendu est 몰랐다.

2

-다고 하던데 signifie "J'ai entendu dire que"

- J'étais loin d'imaginer que cette nuit allait être l'une des plus inoubliables de ma vie...
- Mes collègues de travail
- Vraiment ? / Je te jure ~
- Oh mon dieu ! / Puisque je te le dis !
- Santé !
- J'ai entendu dire que vous teniez bien l'alcool... Challenge accepté !

1

Verbe 아/어 + 가다/갔다 exprime une action qui se déroule en continu dans le présent/passé.

- Puis à notre table, les bouteilles d'alcool vides se sont accumulées à la vitesse de la lumière...
- Que les jeux commencent !
- À votre tour, manager !
- C'est parti !
- Je... me suis fait avoir ?
- Bois ! Bois ! Bois ! Faut que l'alcool descende !!

또! 게임 중

1 Élision orale = 것

2 Élision orale = 술을 잘 드시네요

3 Élision orale = 끝나지를

1 Élision orale = 끝나지를, utilisation de la particule objet 를 avec le verbe 않다.

- Encore un jeu !
- Oh... Je crois que je suis déjà ivre... Mais je ne peux pas perdre !
- Vous vous êtes encore fait avoir, manager ~ !
- Mais vous tenez bien l'alcool manager ~
- Oh yeah !
- Bois ! Bois !
- Arf... Mais elles ne sont pas bourrées On dirait que la soirée est loin d'être finie...

- Là… Je ne vais plus pouvoir boire…
- Je reviens, je vais aux toilettes !
- Je ne peux plus me retenir !

1
Élision orale =
세면대가
막혔다

2
난 est la
contraction de
나는

- Oh non ! J'ai bouché le lavabo !
  Comment je vais faire ?
- Si quelqu'un voit ça...
- C'est fini pour moi !

1 Élision orale = 나도 화장실에 가고 싶어

- Jake ~ Quand est-ce que tu vas sortir ? Je veux aussi aller aux toilettes.
- Mince, c'est le président !? Je suis dans le pétrin...
- Désoléééééé ~~

1

Élision orale =
가서

- Bien qu'ayant peur des conséquences, je suis sorti du restaurant. Je n'avais pas fait 100 mètres que je me suis écroulé...
- Arghhh... Je vais mourir...
- Quand soudain un ange apparut...

1 -ㄹ/을 까요 est une locution qui exprime la suggestion. Voir p. 214.

- Je vous dépose chez vous ?
- Oui s'il vous plaît...

1

마치 = comme si

- Le trajet n'a duré que 10 minutes, mais j'ai eu l'impression que c'était 10 heures...
- Monsieur le conducteur...

1

와갈= 와갔을 때, 무렵 attaché à une période ou à un moment signifie "approximativement à ce moment-là". Ici, il est construit avec le verbe 가다 au participe futur 갈. -어/아 가다 exprime ici une action qui arrive à complétion.

- Alors qu'on était presque arrivés, je ne pouvais plus me retenir de vomir... Finalement, le conducteur m'a mis dehors...
- Je ne reboirai plus jamais d'alcool !
- Puis pendant un long moment, j'ai rampé jusque chez moi...

내 인생 최악의 숙취였다...

- 30 MINUTES PLUS TARD...
- Ah... J'ai froid...
- La pire gueule de bois de ma vie...

- Le lendemain matin....
- Monsieur le président... Je pense que je ne pourrai pas aller au travail aujourd'hui...
- C'est à cause de la soirée d'hier ? Pourtant les autres sont bien arrivées au travail...

1

Élision orale =
한국인들은
사람 맞아??

2

다시 est la
contraction de
다시는

- Vraiment !?
- Comment elles ont pu aller au travail après ça ? Incroyable... Elles ont toutes bu plus que moi pourtant... Elles sont humaines, ces Coréennes ??
- Ouah, la prochaine fois n'essaye même pas de refaire le malin...
- Échec du défi

LA FOIS OÙ JE L'AI RENCONTRÉE

Jake – The Korean Dream

1

-기 때문에 permet d'exprimer une raison provoquer par le verbe qui lui est rattaché

2

Le verbe 집중하다 (se concentrer sur quelque chose) est utilisé en coréen avec la particule de lieu 에

- Ça faisait un moment que j'étais célibataire. Surtout parce que je n'avais pas eu de bonnes expériences avec les filles depuis que j'étais ici.
- *Oppa*, tu es trop marrant ~ J'aime beaucoup les mecs qui ont de l'humour comme toi ~
- Du coup, je me suis plutôt concentré sur ma carrière.
- C'était fantastique ! Voici ma carte de visite.
- Merci !
- Bien joué Jake !

1 뿐 signifie seulement

- Puis un jour, la solitude m'envahissant, j'ai téléchargé une application de rencontres.
- Cette fois-ci, évitons de tomber sur une éleveuse de poissons, mais essayons plutôt de trouver quelqu'un de bien !
- Oh... Mais je dois payer ?
- Je ne peux parler qu'à une seule fille gratuitement...

1

-라서 permet d'exprimer une cause qui est plutôt négative.

- Je n'aurai droit qu'à...
- Un seul *shot* !
- C'est parce que je suis radin...
- Il y a beaucoup de jolies filles, c'est trop dur de choisir...
- Oh mon dieu

1 Verbe + 은/는 + 편이다 signifie avoir tendance à.

- C'est l'élue !
- Mina, 29 ans
- J'aime beaucoup rire et j'apprécie les personnes qui aiment communiquer. S'il y a des personnes qui veulent manger un *samgyeopsal*, faites-moi signe !

- On va manger un *sampgyeopsal* ensemble !!
- Réponds
- Réponds
- Allez réponds... S'il te plaît ~~~
- Elle a répondu !!!

1 우린 est la contraction de 우리는

2 Élision orale = 밥을 같이 먹을래요?

- Même si je faisais des erreurs en coréen, elle me comprenait et on a donc pu discuter pendant longtemps.
- Demain c'est le jour du *hangeul*, ça te dirait d'aller manger un morceau ?
- Super ~ Allons manger ensemble !
- J'ai hâte !

- Jake !
- Bonjour !
- Coucou !

1 Élision orale = 여행을 좋아해요?

2 Élision orale = 어떤 음식을 좋아해요?

3 Élision orale = 외국인 친구가 있어요?

- Tiens, cadeau ! Je l'ai composé pour toi. Allons manger !
- C'est quoi tes loisirs ?
- Tu aimes voyager ?
- Quels types de restaurants tu aimes ?
- Tu as des amis étrangers ?

- Quelle belle personnalité ! J'aimerais bien discuter encore plus avec elle...
- Mina, il y a un super bar à bières à côté, ça te dirait d'y aller ?
- Oui, Bien sûr !

1

그쵸 est la contraction de 그렇지요

- En Corée, lorsqu'on fait une rencontre en général, ça ne se limite pas qu'au dîner. D'habitude, il y a un deuxième round, et ça peut aller jusqu'à 4 ou 5 rounds.
- Round 2
- Super ~ Allons manger ensemble !
- J'ai dit ça ~
- Et ci / Et ça
- Ah vraiment ? / T'as vu !

1

Voir p. 211.

2

-으세요 exprime un ordre poli. Voir p. 220.

1

La structure Verbe + 는 중 permet d'exprimer qu'on est au milieu d'une action qui est en cours.

- Ça fera 25 000 wons SVP ~
- J'avais déjà payé le premier round... Je vais encore payer ici ?
- En train de sortir le portefeuille au ralenti...
- Prenez ma carte !

① -는데 exprime ici une opposition. Voir p. 230.

- Elle est parfaite !
- Il est tard et je dois aller au boulot tôt demain matin. Je n'ai pas envie de partir... Je veux rester encore un peu avec elle !
- Dommage... J'aimerais encore discuter un peu plus...

1 Registre neutre au passé. Voir p.194.

- Ça te dirait d'aller dans un *pojangmacha* ?
- Oh oui !
- Je voulais faire durer ce moment, je choisis donc exprès un *pojangmacha* qui se trouvait un peu loin.

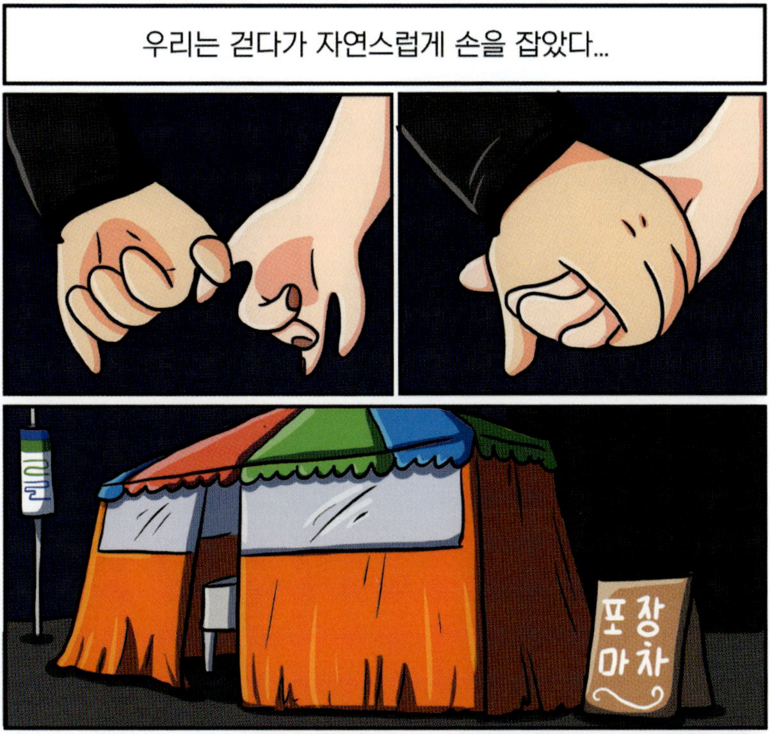

- Alors qu'on marchait, je lui pris naturellement la main...
- *Pojangmacha*
- Round 3
- On s'assit côte à côte et petit à petit on se rapprocha...

1

이모 signifie littéralement tante maternelle mais dans ce contexte, c'est une manière familière mais respectueuse d'interpeller une commerçante.

1

Voir p. 222.

1

Élision orale = 프랑스 노래를 불러 줄 수 있어?

- Madame ! Une bouteille de soju, SVP !
- Santé ~ !
- Tu peux me chanter une chanson en français ?

- Hein ?! Tout à coup ?
- Je ne connais pas les chansons françaises récentes...
- Ok.....
- Hum Hum
- Mais qu'est-ce qu'il fait... ?

1

아/어 + 보다 est utilisé pour exprimer quelque chose que l'on essaye ou que l'on expérimente.
보니 = 보니까

1

Voir p. 219.

2

Voir p. 228.

- Ouahh ~~~ Trop bien !!
- Elle avait l'air d'avoir trop kiffé, mais quand je lui ai demandé récemment, elle m'a dit qu'elle ne s'en souvenait plus...
- On avait l'impression que 10 minutes s'écoulaient en 10 secondes...
- Le service est terminé ! Le restaurant va fermer.
- Rentrez chez vous rapidement là !
- Je dois rentrer !
- J'ai mal au dos.

1

Élision orale =
비가 오네!

- Oh ! Il pleut !
- Oh...
- Attends deux secondes !

1
Élision orale = 우산을

1
Verbe + 을 건가 보다 permet d'émettre une hypothèse. "On dirait qu'il est parti m'acheter un parapluie." 건 se référant à la situation, le niveau de cette structure est plutôt difficile.

2
-은/는 가보다 traduit l'idée de "j'ai l'impression que", "on dirait que".
Verbe + -아/어 + 오다 = venir ou aller faire quelque chose.

2
C'est une contraction de 이것이다

- Oh ! Il est sûrement parti acheter un parapluie ~
- Oh, là !

1

Élision orale = 이 남자가 뭐지?

- Mais c'est quoi ce mec ?!
- Il se fait tard... Je pense que je vais devoir rentrer.
- Voilà chez moi !

- Vraiment ?
- C'est à une minute de chez moi !
- C'est le destin !
- C'est le destin !

1 Voir p. 184.

- Quel radin... Mais il est gentil et mignon...
- Est-ce que je peux l'embrasser là ?

1 C'est la forme sous-entendue de 변화시킬지 몰랐다

- La ville était silencieuse et on entendait juste le bruit doux de la pluie qui tombait. C'était le plus beau premier baiser de toute ma vie.
- À ce moment-là, je ne le savais pas encore. Mais cette fille allait changer ma vie...

한국에 사는 프랑스 남자

만화로 한국어를 공부하세요!

LES POINTS CULTURELS

Dans cette partie, je vais vous expliquer quelques points liés à la culture qui sont apparus à travers ces histoires. Cela vous permettra de mieux comprendre certains traits de la société et de la culture coréennes.

Histoire 1

LES SECTES RELIGIEUSES

Comme vous avez pu le constater, je n'ai pas été très chanceux de tomber sur un membre d'une secte religieuse lors de ma première rencontre avec un Coréen. Je vous rassure, toutes les personnes que vous rencontrerez ne feront pas partie d'une secte. Il s'agissait surtout d'une mésaventure qui peut tout de même arriver à un bon nombre de personnes, qu'elles soient étrangères ou coréennes.

Des sectes religieuses, il y en a partout dans le monde et elles ont plus ou moins les mêmes objectifs : recruter des adhérents afin de gagner en pouvoir et en influence tout en leur soutirant de l'argent.

En Corée, on en trouve également quelques-unes et, le plus souvent, leur méthode est de trouver des victimes en utilisant différentes stratégies dans des lieux publics (rues, métro, parcs...) ou bien via des applications de rencontres ou d'échanges linguistiques où ils peuvent tomber sur des personnes crédules (comme moi). En général, les membres essayent de gagner leur confiance, de les fidéliser en les faisant participer à des conférences, des cultes, des rassemblements, etc.

Ils jouent le plus souvent avec les sentiments des personnes en s'appuyant sur leurs peurs. Je vous conseille le drama « Save Me » ou encore le film « Svaha : The Sixth Finger » sur Netflix qui vous donneront une petite idée de ce à quoi peuvent ressembler les sectes dans la réalité.

LA RELIGION EN CORÉE

Jusqu'à ce que la Corée du Sud ne devienne une démocratie libérale en 1948, la religion a été souvent opprimée pour diverses raisons politiques. Aujourd'hui, la liberté de religion est bel et bien inscrite dans la Constitution et tout comme en France, il y a une séparation stricte entre l'État et la religion.

Selon une étude du bureau des statistiques en 2015, voici la répartition des religions au sein de la population coréenne :

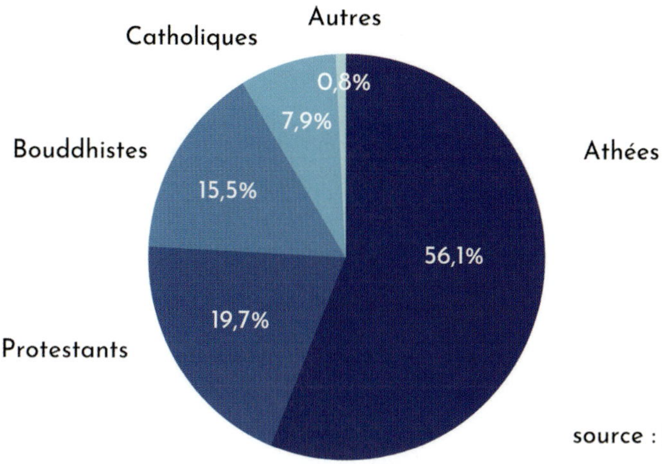

source : Kosis

LE HANBOK

Le 한복 (*hanbok*) désigne une tenue traditionnelle coréenne qui existe depuis la période des Trois Royaumes (de -57 à 668) et on peut notamment le voir sur les peintures murales des tombes du royaume de Goguryeo.

Le *hanbok* qu'on connaît est similaire à celui du passé malgré des différences dans la coupe, les couleurs du vêtement et dans les accessoires pour cheveux.

Le *hanbok* est composé d'une veste courte 저고리 (*jeoguri*), d'une jupe 치마 (*chima*) pour les femmes et d'un pantalon ample pour les hommes 바지 (*baji*), et d'un manteau 두루마기 (*durumagi*).

Bien que des Coréens portaient encore le *hanbok* dans la vie de tous les jours jusque dans les années 1960, depuis les années 1980, le style vestimentaire des Coréens s'est peu à peu occidentalisé.

LE HANBOK DANS LA SOCIÉTÉ CONTEMPORAINE

Même si cela peut être différent selon les familles, la coutume veut que le port du *hanbok* suive un individu tout au long de sa vie pour les grandes occasions. Par exemple, lorsqu'un petit garçon fête son premier anniversaire, on lui met un joli *hanbok* puis on invite la famille et les amis pour célébrer cet évènement appelé 돌잔치 (*doljanchi*).

S'il se marie, il portera la tenue avec sa femme, ses parents et ses beaux-parents et ils prendront tous des photos pour l'occasion. Il l'enfilera également lors des fêtes traditionnelles 추석 (Chuseok), 설날 (Seollal)... qu'il passe en famille chaque année.

Des enfants portant le *hanbok* pour célébrer leur premier anniversaire.

Un couple de jeunes mariés lors d'une cérémonie traditionnelle de mariage.

Le *hanbok* peut aussi être porté lors de certaines cérémonies religieuses comme l'anniversaire de Bouddha. Sinon lorsque les parents d'un Coréen décèdent, celui-ci met un *hanbok* de couleur blanche ou noire, symbole de tristesse. Enfin, quand viendra son tour, on le vêtira d'un *hanbok* en tissu de chanvre et il pourra alors se reposer éternellement. Ainsi, dans la société contemporaine, les Coréens portent le *hanbok* lors des jours importants et perpétuent la tradition au fil des générations.

À savoir que lorsqu'on visite un palais ou un site touristique, on peut facilement louer un *hanbok* dans un magasin aux alentours. Avec l'influence des idoles et des *drama*, il y a aussi beaucoup de *hanbok* au style plus moderne et plus pratique qui sont devenus à la mode.

UN CONSEIL POUR BIEN PORTER LE HANBOK

Pour porter le *hanbok* correctement, il y a deux choses à savoir. D'abord, les chaussettes coréennes traditionnelles, appelées 버선 (*beoseon*), sont blanches et ont la particularité d'avoir cette forme au bout qui épousent les doigts pieds.

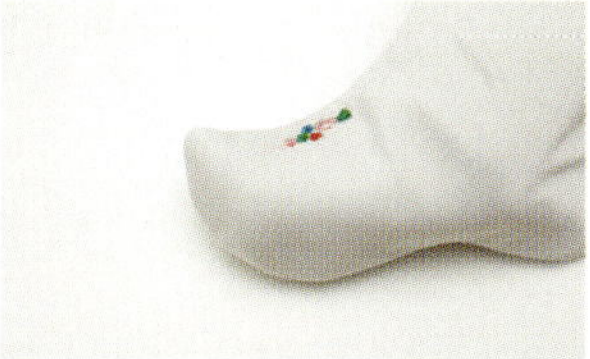

C'est pourquoi, lorsqu'on porte un *hanbok*, il est plus convenable de mettre des chaussettes blanches qui arrivent aux chevilles.

Enfin, pour les femmes, il leur est conseillé d'attacher leurs cheveux et d'y mettre une broche plutôt que de porter des boucles d'oreilles.

LES PERSONNAGES DES BILLETS DE BANQUE

Vous les verrez, les toucherez et les utiliserez tous les jours si vous venez en Corée... Je parle bien sûr des billets et des pièces de 원 (wons) coréens à l'effigie de personnages importants de l'histoire coréenne.

50 000 WONS - 신사임당 (SIN SAIMDANG), 1504-1551

Sin Saimdang était une remarquable et talentueuse femme ! Considérée comme une mère modèle, c'était une poétesse, peintre et calligraphe coréenne du royaume de Joseon.

Elle est la mère du grand érudit confucéen 이이 (Yi I) qui est l'homme du billet de 5 000 Wons. Elle a été élevée par son grand-père maternel, comme un fils, ce qui a influencé sa façon d'éduquer les siens.

Plus connue pour son rôle de bonne épouse et de bonne mère, sa sélection en 2009 pour le billet de 50 000 Wons a suscité des critiques au sein des féministes qui y voyaient un renforcement des stéréotypes sexistes sur le rôle des femmes.

10 000 WONS - 세종대왕 (LE ROI SEJONG LE GRAND), 1397-1450

Il fut le 4ème roi du royaume de Joseon et c'est probablement la personne coréenne la plus connue et respectée de tous les temps ! Il encouragea des groupes de savants qui ont développé des inventions et contribué au progrès dans de nombreux domaines comme la science, la médecine, les lois, l'éducation...

Il est notamment à l'origine de l'écriture coréenne qu'on utilise aujourd'hui, le 한글 (Hangeul). Avant cette invention, les caractères chinois étaient utilisés pour écrire la langue coréenne parlée. Puis, il a eu l'idée de faire créer un tout nouveau système d'écriture afin de retranscrire phonétiquement le coréen de façon beaucoup plus simple et ainsi de permettre à toute la population de lire.

Grâce à lui, n'importe qui peut apprendre à lire le coréen en quelques heures seulement !

5 000 WONS - 율곡 이이 (YULGOK YI I) , 1536-15841551

Yi I était en fait le fils de Sin Saimdang (la dame du billet de 50 000 wons) et était extrêmement intelligent. Guidé par sa mère qui lui donna une éducation exemplaire, il savait lire et écrire les caractères chinois à l'âge de 3 ans et maîtrisait ses leçons de confucianisme à l'âge de 7 ans.

À cet âge-là, je devais encore jouer aux Lego... À 13 ans, il passa le 과거 (*gwageo*) qui était un examen royal très difficile des connaissances en caractères chinois composé de rédaction d'essais sur différents domaines comme la médecine ou le droit.

Suite au décès de sa mère alors qu'il était âgé de 16 ans, il partit en montagne pour faire son deuil et étudier le bouddhisme pendant 3 ans avant d'en revenir pour se consacrer au confucianisme. Il devint par la suite un philosophe, réformateur et politicien d'une grande importance auprès du roi.

1 000 WONS - 퇴계 이황 (TOEGYE YI HWANG), 1501-1570

Yi Hwang fait partie de ces personnalités les plus intelligentes que la Corée ait connues. Il était le professeur et, par la suite, le rival de Yi I (l'homme du billet de 5 000 Wons).

Enfant prodige, il apprit les *Analectes de Confucius* à l'âge de 12 ans et s'adonna à l'écriture de poèmes à l'âge de 18 ans. Il occupa de nombreux postes au sein du Gouvernement, et à 48 ans, il avait occupé 140 postes et démissionné 79 fois... Il devait être la hantise du Pôle Emploi de l'époque...

Yi Hwang fut notamment nommé 암행어사 (amhaeng-eosa) qui était une sorte d'inspecteur royal secret qui contrôlait l'activité des gouverneurs de province pour voir s'ils étaient corrompus.

100 WONS - L'AMIRAL 이순신 (Yi SUN SIN), 1545-1598

Combattant et stratège hors norme, il fut considéré comme un héros national après avoir défait 333 navires japonais avec seulement 13 navires coréens lors de la bataille de 명량 (Myeongnyang). Il suscita même l'admiration des Japonais.

Lors de son dernier combat, il fut atteint d'une balle mortelle et ses derniers mots à son fils et à son neveu sur le champ de bataille furent :
"Nous sommes au summum du combat, ne laissez personne savoir que je suis mort" afin que ses troupes ne perdent pas confiance. Et finalement, cette bataille fut bien remportée par les Coréens.

Statue du roi Sejong le Grand à Gwanghwamun

Statue de Yi Sun-sin à Gwanghwamun

Histoire 2

OPPA

Vous l'avez sûrement entendu partout dans les *drama* et les films coréens ! Littéralement, 오빠 (*oppa*) est un mot qui permet à une fille de désigner son frère aîné ou un garçon plus âgé dans la sphère familiale ou amicale proche.

Cependant, certains Coréens aiment bien se faire appeler *oppa*, car, comme ce mot désigne un homme plus âgé, cette expression sous-entend qu'ils sont capables de protéger une fille. Bien qu'il soit en général utilisé sans arrière pensée, ce mot peut contenir une connotation coquine et sexy dans certains contextes.

FIGHTING !

En Corée, il existe beaucoup de mots en "Konglish" (= des mots dérivés de l'anglais qui n'ont de sens qu'en Corée) pour exprimer des notions jusqu'alors inconnues.

Beaucoup entendu dans les *drama*, le mot 파이팅 (*fighting*) ou 화이팅 (*hwaiting*) est l'un d'entre eux et il est souvent utilisé pour exprimer un encouragement. Il existe de nombreuses histoires sur l'origine de l'utilisation de cette expression, mais on ne sait pas laquelle est réellement la bonne.

UNE RUMEUR VENUE D'ANGLETERRE

En anglais, le "fighting spirit" signifie la volonté d'achever un travail très difficile ou l'esprit de combativité. En Corée, les journalistes et les spécialistes estiment que le mot "fighting" est utilisé depuis les années 1930 et véhicule le sens de la combativité 투지 (*tuji*).

Puis dans les années 1960, alors que les sports nationaux étaient mis en valeur et que les compétitions sportives devenaient de plus en plus populaires, il était très courant dans les stades d'entendre les joueurs crier pour se battre jusqu'au bout. Ainsi, les spectateurs criaient aussi "fighting" pour encourager les athlètes.

À partir des années 1980, "fighting" a également commencé à être très utilisé par les Coréens dans la vie de tous les jours. Dans une publicité télévisée pour une marque de boisson, on voyait un enfant pleurer lors d'une compétition sportive. Pour l'encourager, sa mère lui disait "Prends cette boisson, courage, *fighting* !" Le garçon se dépasse ensuite pour gagner la course. On dit donc que le mot "fighting" a très largement pris le sens de "courage !" depuis cette fameuse publicité.

Plus récemment, "fighting" est devenu très à la mode auprès des idoles et des fans de K-pop pour s'encourager et se soutenir. Issu à l'origine de l'anglais, il est maintenant devenu un mot qu'on reconnaît essentiellement comme étant une expression coréenne. À la place de "fighting", il est aussi très courant d'entendre 아자 아자! (=Allez allez !), 힘내자! (=Courage !) ou 할 수 있어! (=Tu peux le faire !).

Histoire 3

LES CLUBS EN CORÉE

Je peux vous dire qu'en arrivant en Corée, j'ai été subjugué par la folie de la vie nocturne de Séoul. Le plus étonnant, c'est qu'il est possible de trouver des boîtes de nuit ouvertes et qui battent leur plein à tout moment de la semaine (hors pandémie).

Les Coréens sont connus pour travailler beaucoup, mais pour ce qui est de faire la fête, ils sont également très doués !

Les boîtes de nuit modernes sont arrivées sur le devant de la scène après que le twist soit devenu extrêmement populaire en 1960. À ce moment-là, on les appelait les "Gogo Jang" ou "Gogo Club". Quand les groupes ne jouaient pas de la musique, c'était le DJ qui mixait sur des platines.

C'est comme cela que les clubs ont commencé à être appelés des discothèques. Puis, dans les années 1970, les discothèques se sont installées dans les hôtels ou dans des grands bâtiments isolés et sont ainsi devenues de plus en plus importantes.

LES 3 PÔLES DE LA VIE NOCTURNE SÉOULITE

À Séoul, les clubs les plus populaires se situent pour la plupart dans trois quartiers : Hongdae, Itaewon et Gangnam. Chacun d'entre eux a sa propre histoire et ses propres caractéristiques.

ITAEWON UN MÉLANGE DE LIBERTÉ ET DE LUXE

Dès la fin des années 1950, Itaewon fut un quartier très influencé par la culture étrangère, notamment par la présence de l'armée américaine à proximité. Les clubs y ont donc très vite fait leur apparition et s'y sont installés.

Itaewon fut le premier quartier à apporter une nouveauté majeure avec l'ouverture des premiers clubs gays. Au début des années 2000, les clubs d'Itaewon étaient divisés en deux catégories avec, d'un côté, les clubs gays et de l'autre, les clubs luxueux.

HONGDAE, LA RUE DES ARTISTES

C'est lorsque la station de la ligne 2 du métro a été construit à Hongdae en 1984 que le quartier de l'université Hongik (spécialisée dans les beaux-arts) a connu son développement. À cette époque, le loyer y était peu cher et c'était un quartier résidentiel où de nombreuses maisons et petits immeubles avec des chambres sur les toits ou en sous-sol étaient occupés par des étudiants en art et des jeunes écrivains. Ces espaces adaptés à la personnalité de ces jeunes artistes et à leur esprit créatif ont alors été transformés en bars et lieux pour se divertir.

Au cours des années 2000, afin de promouvoir la culture du clubbing, le "Club Day" a été inauguré. En achetant une entrée du "Club Day", on pouvait rentrer dans plusieurs clubs différents qui étaient affiliés à ce programme. Suite à cette promotion, la fréquentation des clubs du quartier et le développement de cette culture ont explosé.

Avec le nombre croissant de clubs ainsi que l'arrivée des touristes et l'installation d'expatriés, le quartier est donc devenu un lieu incontournable et a peu à peu développé la "culture de Hongdae".

Le square de Hongdae où beaucoup de monde se réunit pour boire et faire la fête avant d'aller en club.

Le NB2, le plus grand club hip-hop de Hongdae.

GANGNAM, MODE ET CONSOMMATION ABONDANTE

Les clubs du quartier Gangnam ont fait leur apparition au milieu des années 1990. Petits derniers sur le marché, ils ont été créés en lien avec les maisons de production de musique utilisant leur expérience et leur capital.

Contrairement à Hongdae et Itaewon où les clubs sont concentrés dans la même zone, les clubs de Gangnam sont éparpillés dans les quartiers de Seocho, Cheongdam, Sinsa, Yeoksam, etc.

Comme le chantait 싸이 (PSY) dans sa fameuse chanson "Gangnam style" qui parodiait la vie des bourgeois de Gangnam, ce quartier a la réputation d'être aisé. On y rencontre donc principalement des personnes plutôt riches, âgées de 30 à 40 ans, mais aussi des personnes ayant la vingtaine. On dit que dans les clubs de Gangnam, ce sont les plus âgés qui achètent les bouteilles d'alcool, mais les jeunes qui décident de la mode.

Une rue populaire de Gangnam

Des bars et des lounges à Gangnam

LES "NIGHTCLUBS" EN CORÉE

Il faut savoir qu'il y a deux types de clubs en Corée : les clubs/discothèques comme chez nous et les "nightclubs" qui désignent un concept bien propre à la Corée.

Les nightclubs ou les "nights" possèdent les équipements d'un club classique. Cependant, le bar est remplacé par plus de tables pour les clients et vers la piste de danse, on trouve des sofas où les personnes peuvent s'asseoir.

Tous les weekends, un groupe de danse vient faire une performance et il y a souvent des évènements organisés. En général, les clients participent à des concours de danse, à des jeux ou des tirages au sort et gagnent des prix ou de l'argent.

Après avoir dansé de façon endiablée, vient le temps de pause connu sous le nom de "Blues Time" (=slow). Des chansons au tempo lent ou des musiques romantiques sont jouées et des couples dansent sur la piste. Malgré tout, il est quand même rare de pouvoir se reposer lors du "Blues Time" du fait du "système de booking", puisque plusieurs serveurs font le tour du nightclub et jouent les entremetteurs auprès des clients contre un pourboire.

Parfois ces serveurs vont même jusqu'à aborder des filles dans la rue pour les emmener dans ces nightclubs et les installer à une table avec des hommes. Ces derniers s'empressent d'inviter les filles à boire tout en espérant obtenir un peu plus en échange...

De nos jours, les nightclubs existent toujours mais ont plutôt mauvaise réputation due à ces pratiques. Aujourd'hui, les jeunes les ont désertés au profit des nouveaux styles de clubs modernes ou des 감성주점 (*gamseongjujeom*) qui est une sorte de mélange entre un pub et un club avec une estrade pour danser.

LES RÈGLES POUR ENTRER EN DISCOTHÈQUE

Il faut être âgé de 19 ans (20 ans en âge coréen) au minimum pour pouvoir être accepté en boîte de nuit. Cependant, suite à certains scandales, plusieurs discothèques ont repoussé la limite à 20 ans (21 ans en âge coréen) minimum.

Il faut également savoir qu'il y a des clubs qui ont une limite d'âge supérieure et d'autres qui, pour leur image, ne laissent pas entrer des personnes de plus de 30 ans...

L'entrée peut être aussi bien payante (entre 10 000 et 20 000 wons), que parfois gratuite. Les pubs et lounges sont en général gratuits.

Les habits tels que les survêtements et les shorts peuvent être refusés selon le standing du club.
Par sécurité, les claquettes et les sandales sont interdites pour éviter les blessures malencontreuses dues à la foule ou aux éclats de verre.

De même, les gens qui ont l'habitude d'être ivres ou de se battre peuvent être blacklistés et se voir interdits de rentrer.

Le bar/club "Fountain" à Itaewon

! LA SÉCURITÉ

Même si la Corée est un pays plutôt sécurisé avec des caméras à tous les coins de rue, le risque zéro n'existe pas. Des crimes ou des viols visant des Coréennes et des étrangères se sont déjà produits dans des boîtes de nuit. Donc mesdemoiselles, faites attention à vous et aux personnes que vous y rencontrez, car vous n'êtes pas à l'abri de tomber sur des personnes mal intentionnées. (C'était mon moment tonton Jake 😉)

LA CULTURE LGBTQ+ EN CORÉE

D'un point de vue global, la culture LGBTQ+ a toujours existé, mais dans les années 1990, elle s'est développée, notamment grâce à de nombreuses personnalités occidentales ayant fait leur coming-out, menant doucement les Coréens à mieux accepter ces pratiques et orientations.

En Corée, l'opinion publique a commencé à être confrontée à la question de l'homosexualité lorsque des membres d'une association LGBTQ+ de Yonsei se rassemblèrent dans un talk-show en 1995 pour faire leur coming-out et pour combattre les stigmatisations liées à l'homosexualité.

Puis en 2000, l'acteur et présentateur 홍석천 (Hong Seok-cheon), alors au sommet de sa carrière, a finalement décidé de faire son coming-out. Cependant, l'industrie audiovisuelle et le public n'ont pas vraiment accepté ce "premier coming-out médiatique" et Hong Seok-cheon a dû arrêter tous ses tournages à cause de la polémique créée.

Hong Seok-cheon dans un de ses restaurants

En 2004, il reçoit finalement le titre de "jeune héros d'Asie" de la part du *Times* et depuis son histoire, le regard et la mentalité des Coréens ont peu à peu changé.

Aujourd'hui encore, même si les mentalités changent, il n'est pas facile de vivre en Corée en tant qu'homosexuel. Si un couple vient à se montrer dans les transports en commun la main dans la main, il devra faire face aux regards, notamment ceux des anciennes générations.

Il en va de même sur le lieu de travail ou à l'école où les personnes LGBTQ+ doivent cacher leur orientation sexuelle pour ne pas être discriminées.

À ce jour, la loi coréenne n'autorise pas encore le mariage entre personnes de même sexe.

Pourtant, il est de plus en plus courant de voir des scènes de couples gays dans l'industrie audiovisuelle coréenne, et de plus en plus de couples gays affichent leur amour en public sur YouTube comme, par exemple le couple adorable 킴 (Kim) et 백팩 (Back Pack) de la chaîne 망원댁TV MANGO COUPLE.

Instagram : @mango.couple

Il y a aussi eu la naissance de plusieurs festivals comme le "Korea Queer Film Festival (KQFF)" ou encore le "Seoul Queer Culture Festival (SQCF)" qui attirent de nombreux participants. Mais malgré l'ancienneté de l'évènement qui n'a lieu qu'un jour par an, ce dernier suscite toujours de vives réactions des mouvements conservateurs.

La "Homo Hill"

Dans le quartier d'Itaewon, se trouve une rue qu'on appelle la "Homo Hill" où la communauté LGBTQ+ se réunit pour faire la fête. Des célèbres bars gays jusqu'aux spectacles de lipsync dans les bars transgenres, tout le monde s'amuse et danse joyeusement sur cette "colline" qui ne dort jamais.

La "Homo Hill" à Itaewon

Le bar "Eat me" à Itaewon

Histoire 4

LA CULTURE DU TRAVAIL EN CORÉE

LES DINERS D'ENTREPRISE, LE 회식 (HOESIK)

Pour les personnes qui travailleront en Corée, vous n'y échapperez pas. Un moment ou un autre, vous serez initié à la fameuse coutume du 회식(*hoesik*). Selon la définition du dictionnaire, le 회식 est le "fait de se réunir pour manger ensemble". Cependant, ce que les Coréens appellent communément 회식, ce sont les réunions après les heures de travail pendant lesquelles ils partagent un repas arrosé.

Dans certains cas, ces réunions obligatoires peuvent être considérées comme contraignantes ou comme des dépenses superflues, d'autant plus si l'entreprise ou le supérieur ne paye pas l'addition.

Certains estiment même que ce n'est pas un vrai 회식 si l'on n'est pas obligé d'y participer. C'est donc un évènement obligatoire qui permet de faire plaisir aux personnes haut placées dans l'entreprise.

Quand faire un 회식 ?

Les 회식 sont généralement organisés lorsqu'on a terminé un gros projet, qu'on reçoit une promotion ou alors pour les fêtes de début et de fin d'année. Cela dépend de l'heure du repas et de l'ambiance de l'entreprise, mais les 회식 sont souvent l'occasion de remonter le moral des employés, de les encourager ou de les récompenser.

Le cout du 회식 ?

La plupart des entreprises paient le repas avec leur carte professionnelle. Cependant, il existe des cas où l'entreprise ne paye que la moitié du repas ou ne paye pas du tout. Alors, il arrive qu'un supérieur hiérarchique décide de payer de sa propre poche.

En général, ce sont les 막내 (*maknae*, prononcé [*mangnae*]), les plus jeunes du groupe, qui ont la responsabilité d'organiser le premier repas. Après avoir fait une liste de deux ou trois restaurants au goût des supérieurs, ils sont chargés de réserver un créneau et d'organiser le plan de table.

Ainsi, les places sont décidées à l'avance avec, généralement, les personnes haut placées assises au centre pour qu'on puisse bien les voir. Habituellement, ce sont également ces personnes qui sont au centre de l'attention et parlent le plus pendant que les autres se contentent d'écouter et d'acquiescer.

Pendant le repas, il est vivement conseillé de boire et de trinquer ensemble. Cependant si vous ne buvez pas d'alcool, les Coréens sont de plus en plus flexibles à ce sujet et ne vous forceront pas.

Quand le 회식 est organisé dans un restaurant à barbecue, c'est également aux plus jeunes de s'occuper de la cuisson de la viande pendant que les supérieurs se la coulent douce et profitent du repas. Pour les 막내, ces dîners d'entreprise sont un véritable prolongement de leur travail (pauvres 막내...)

Dans la culture coréenne, il est très rare qu'un 회식 s'arrête après le premier restaurant. En effet, une fois la première note réglée, il est très fréquent d'enchaîner ensuite avec un deuxième round, puis un troisième, etc.

DES BOISSONS POUR DESSAOULER

Lorsque le repas a fini tard ou que la soirée a été trop arrosée, les lendemains au travail sont plutôt difficiles pour les employés même s'ils doivent paraître irréprochables et être prêts à se mettre au travail. Alors pour garder la forme et atténuer la gueule de bois, les Coréens ont l'habitude de prendre une boisson au miel ou un jus de poire pour apaiser l'estomac.

Il existe également des boissons anti-gueule de bois à base de plantes naturelles avec des vertus réhydratantes qu'on peut se procurer dans les supérettes ou en pharmacie.

Trois types de boissons anti-gueule de bois

LES JEUX D'ALCOOL

Les premiers jeux d'alcool en Corée remonteraient à la période du Silla unifié (676-935). On a retrouvé dans les vestiges du palais de Gyeongju un dé à 14 faces, un 주령구 (*juryeonggu*). Sur chacune d'entre elles, était gravé un gage comme "chanter", "danser sans musique", "ne pas bouger même si notre visage nous gratte", "réciter un poème", "boire", etc.

La noblesse de Silla s'amusait en lançant ce dé et en se pliant au gage sur lequel elle tombait à l'occasion des fêtes et banquets.

Le jeu de la capsule

Bien qu'il existe plusieurs variantes de ce jeu, la règle de base est très simple. Il faut d'abord plier la tige d'une capsule de *soju* en la tortillant sur sa longueur. À tour de rôle, chaque personne devra mettre une pichenette sur la tige jusqu'à la briser. Puis les personnes qui se trouvent à côté de celle qui réussira à casser la tige devront boire.

Le jeu de la capsule de *soju*

Le 3.6.9 (삼육구)

À tour de rôle, chaque personne compte les nombres dans l'ordre croissant à voix haute. Lorsque le chiffre "3.6.9" apparaît dans le nombre, il faut taper dans les mains au lieu de dire le chiffre. Par exemple la première personne commence par dire "un", puis la deuxième "deux", puis la troisième clap, "quatre", "cinq", clap, "sept"... et ainsi de suite. Cette règle s'applique aussi sur les dizaines, un clap pour 23, deux claps pour 33 (car il y a deux 3).

Et la première personne qui se trompe doit prendre un shot. C'est très drôle lorsque vous arrivez aux trentaines, essayez ! 😉

Histoire 5

LE 삼겹살 (SAMGYEOPSAL)

Il se situe sûrement dans le top de la liste des plats préférés des Coréens (et dans le mien également 😉). Plus qu'un plat en soi, il permet également à un groupe d'amis, de collègues ou de proches de se rassembler autour d'un repas convivial.

Le 삼겹살 (*samgyeopsal*) est une partie de la poitrine de porc composée de trois couches de viande et de gras. C'est pour cette raison également que le 3 mars (03/03) est devenu le jour du 삼겹살 en Corée.

Servi sous forme grillée, il est généralement accompagné de feuilles de salade, de feuilles de sésame, de piment, d'ail, de légumes frais, de pâte de soja fermentée 된장 (*doenjang*), de kimchi ou encore de ciboule.

Autrefois, on disait que manger du *samgyeopsal* permettait d'enlever les poussières dans la gorge et les poumons, raison pour laquelle les mineurs en mangeaient beaucoup tout comme les professeurs qui étaient très exposés à la poussière des craies.

Et même si son efficacité n'est pas scientifiquement prouvée, on consomme aussi du *samgyeopsal* les jours de forte pollution au sable jaune.

Jusqu'au milieu des années 1990, le *samgyeopsal* était moins cher que les autres parties du porc et représentait 50% de la consommation de viande. Il est surnommé la "viande du peuple" et son prix a rapidement augmenté du fait de la forte demande.

Malgré tout, les Coréens considèrent toujours le *samgyeopsal* comme "la nourriture de l'âme" et il est tellement populaire qu'il serait impossible de satisfaire la demande locale sans importer de la viande.

La manière de manger le *samgyeopsal* ne dépend que de vous, mais pour le faire comme tout bon Coréen qui se respecte, il faut envelopper la viande bien grillée dans une feuille de salade ou de sésame en y ajoutant de l'ail trempé dans du 쌈장 (*ssamjang*), une épaisse pâte de soja épicée et de la ciboulette en saumure. Puis il ne vous reste plus qu'à déguster tout cela en une seule bouchée.

Démonstration de dégustation professionnelle de *samgyeopsal*

Attendez-vous à empester l'odeur de la fumée dégagée par la viande qui a cuit... Mais heureusement, les Coréens ont pensé à tout et dans la plupart des restaurants, vous trouverez du désodorisant pour vêtements à la sortie pour vous débarrasser de cette odeur.

LES RENCONTRES AMOUREUSES

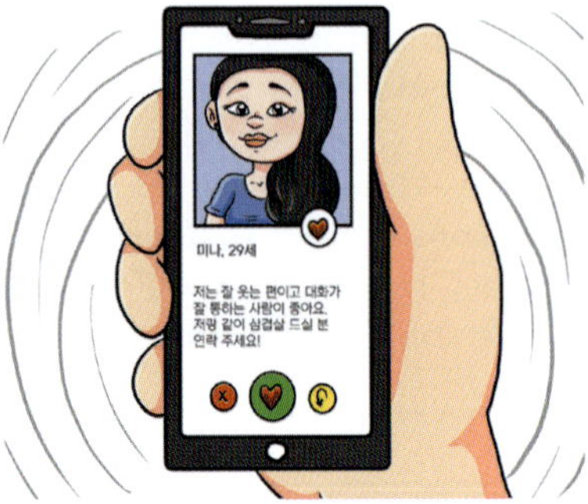

En Corée du Sud, la plupart des couples se sont formés à l'université, sur les lieux de travail ou dans des clubs associatifs. Mais beaucoup se sont aussi formés dans des bars de rencontres, en club ou via des applications de rencontres. Il est alors plutôt difficile pour ces derniers de raconter leur première rencontre à leurs parents ou à leurs supérieurs du fait du jugement qu'ont les Coréens vis-à-vis de cette manière de trouver sa moitié.

Ils considèrent que ces relations ne sont pas sérieuses puisqu'ils estiment que les personnes utilisant ces méthodes sont généralement des hommes ou des femmes déjà mariés ou tout simplement en quête d'une aventure d'un soir.

LE RENDEZ-VOUS ARRANGÉ

En Corée, la façon la plus commune pour rencontrer quelqu'un est le 소개팅 (*sogaeting*), le rendez-vous arrangé. Il est tout à fait courant qu'un ami, un collègue ou la famille joue les intermédiaires et cherche à mettre deux personnes de leur entourage en relation.

Cet entremetteur est considéré comme une personne de confiance puisqu'il est censé bien connaître le caractère, les goûts et la façon de vivre des deux potentiels amoureux.

Il existe également un concept qu'on appelle le 선 (*seon*). C'est un rendez-vous arrangé qui est organisé par un professionnel engagé par les parents pour trouver un conjoint à leur enfant.

Les Coréens considèrent que l'âge idéal pour se marier se situe entre la fin de la vingtaine et le milieu de la trentaine. Certains parents font donc appel à ces services parce qu'ils sont inquiets de voir leur enfant toujours célibataire à cet âge-là.

Pour évaluer la faisabilité du mariage, la sélection se fait le plus souvent sur l'état des finances des parents, le travail, le cursus universitaire, le physique des futurs mariés, mais aussi traditionnellement, sur la compatibilité du couple selon l'astrologie orientale, le 사주팔자 (sajupalja)...

Lors de ce 선, les deux personnes qui se rencontrent sont en général embarrassées puisqu'elles savent que ces rendez-vous ont été forcés par leurs familles. Cependant, ce genre de manœuvre est très couramment employé par les familles puisqu'à leur époque, les parents se sont eux-mêmes mariés à l'issue de ces rendez-vous arrangés.

De nos jours, les jeunes sont plutôt réticents à l'idée de se rencontrer de cette manière, mais sont parfois contraints de participer à ces rendez-vous face à la sollicitation incessante des parents et à la pression sociale.

LES BASES DU CORÉEN

LES BASES DU CORÉEN

Dans cette partie, nous abordons quelques fondamentaux du coréen pour pouvoir au moins comprendre la structure de base de la langue. Nous irons droit au but sans que vous soyez inondés par des informations inutiles et cela vous permettra d'en retenir seulement l'essentiel.

Si vous souhaitez une étude approfondie de la langue et des points grammaticaux, vous pouvez vous procurer l'ebook "Coréen pour tous !" qui contient des cours détaillés de coréen :

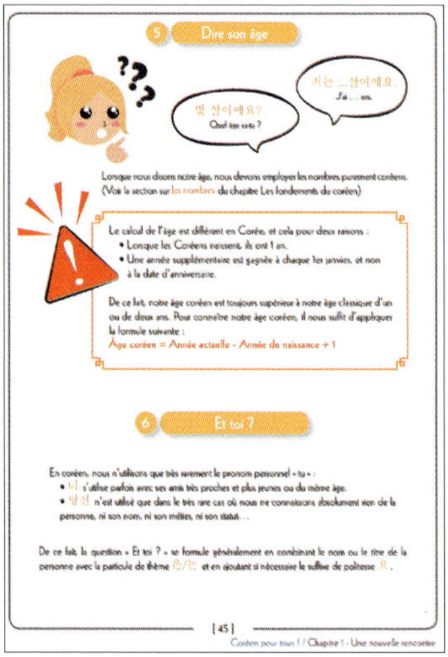

5 Dire son âge

몇 살이에요?
Quel âge as-tu ?

저는 ...살이에요.
J'ai ... ans.

Lorsque nous disons notre âge, nous devons employer les nombres purement coréens. (Voir la section sur les nombres du chapitre Les fondements du coréen)

Le calcul de l'âge est différent en Corée, et cela pour deux raisons :
- Lorsque les Coréens naissent, ils ont 1 an.
- Une année supplémentaire est gagnée à chaque 1er janvier, et non à la date d'anniversaire.

De ce fait, notre âge coréen est toujours supérieur à notre âge classique d'un ou de deux ans. Pour connaître notre âge coréen, il nous suffit d'appliquer la formule suivante :
Âge coréen = Année actuelle - Année de naissance + 1

6 Et toi ?

En coréen, nous n'utilisons que très rarement le pronom personnel « tu » :
- 니 s'utilise parfois avec ses amis très proches et plus jeunes ou du même âge.
- 당신 n'est utilisé que dans le très rare cas où nous ne connaissons absolument rien de la personne, ni son nom, ni son métier, ni son statut...

De ce fait, la question « Et toi ? » se formule généralement en combinant le nom ou le titre de la personne avec la particule de thème 은/는 et en ajoutant si nécessaire le suffixe de politesse 요.

[45]
Coréen pour tous ! / Chapitre 1 - Une nouvelle rencontre

LE HANGEUL, L'ALPHABET CORÉEN

Tout comme notre alphabet, le Hangeul 한글 est composé de voyelles et de consonnes. Il y a en tout 21 voyelles et 19 consonnes. Il est primordial d'en maîtriser la lecture avant même de se lancer dans l'apprentissage du vocabulaire ou de la grammaire.

LES VOYELLES DE BASE

	PRONONCIATION
ㅏ	[A] comme papa
ㅓ	[O] ouvert comme dans l'or
ㅗ	[Ô] fermé comme dans côté
ㅜ	[OU] comme dans où
ㅡ	[EU] comme dans les œufs (en serrant les dents)
ㅣ	[I] comme dans vie
ㅑ	[YA] comme dans yaourt
ㅕ	[YO] ouvert comme dans kiosque
ㅛ	[YÔ] fermé comme dans biologie
ㅠ	[YOU] comme dans YouTube

LES VOYELLES COMPOSÉES

Comme leur nom l'indique, les voyelles composées sont constituées de voyelles de base qui se combinent entre elles afin de créer de nouveaux sons.

PRONONCIATION

ㅏ + ㅣ = ㅐ	[È] comme dans parfait*
ㅑ + ㅣ = ㅒ	[YÈ] comme dans yeah*
ㅓ + ㅣ = ㅔ	[È] comme dans parfait*
ㅕ + ㅣ = ㅖ	[YÈ] comme dans yeah*
ㅗ + ㅏ = ㅘ	[WA] comme dans quoi
ㅗ + ㅐ = ㅙ	[WÈ] comme dans ouais (attention pas [O-È])
ㅗ + ㅣ = ㅚ	[WÈ] comme dans ouais
ㅜ + ㅓ = ㅝ	[WO] ouvert comme dans taekwondo
ㅜ + ㅔ = ㅞ	[WÈ] comme dans ouais
ㅜ + ㅣ = ㅟ	[WI] comme dans oui
ㅡ + ㅣ = ㅢ	[EUI] comme dans chantilly (en serrant les dents)**

* À l'origine il y avait une différence de prononciation entre ces voyelles mais de nos jours, les Coréens les prononcent de la même manière [ㅐ] = [ㅔ] = [È] et [ㅒ] = [ㅖ] = [YÈ]

** Peut être prononcé [([ㅔ] = [È])] dans certains cas à l'oral par exemple 너의.

LES CONSONNES SIMPLES

Quand on lit l'alphabet, les consonnes sont prononcées avec le son [A (**가, 나, 다**,...)]. Certaines consonnes ne se prononcent pas de la même manière selon qu'elles se situent en début ou en fin de syllabe.

	PRONONCIATION EN DÉBUT DE SYLLABE	EN FIN DE SYLLABE
ㄱ	Entre un [G] et un [K], la langue doit toucher l'arrière du palais	[K]
ㄴ	[N] comme dans nez	[N]
ㄷ	Entre un [D] et un [T], la langue doit toucher l'avant du palais	[T]
ㄹ	Entre un [R] et un [L], la langue doit toucher l'avant du palais	[L]
ㅁ	[M] comme dans maman	[M]
ㅂ	Entre un [B] et [P]	[P]
ㅅ	[S] court. Attention, se prononce [SH] avec les lettres « ㅣ », « ㅑ », « ㅕ », «ㅛ», «ㅠ» (par exemple 시 = [SHI])	[T]
ㅇ	[∅] consonne muette	[NG] comme dans parking
ㅈ	[DJ] comme dans le prénom Jay	[T]
ㅊ	[TCH] comme dans tcha tcha tcha	[T]
ㅋ	[K] en expirant beaucoup d'air	[K]
ㅌ	[T] en expirant beaucoup d'air	[T]
ㅍ	[P] en expirant beaucoup d'air	[P]
ㅎ	[H] en expirant beaucoup d'air	[H]

LES CONSONNES DOUBLES

Comme pour les voyelles, les consonnes doubles sont également composées de consonnes de base :

	PRONONCIATION EN DÉBUT DE SYLLABE	EN FIN DE SYLLABE
ㄲ	[KK] comme dans coréen	[K]
ㄸ	[TT] comme dans tata	-
ㅃ	[PP] comme dans papa	-
ㅆ	[SS] long. Attention, se prononce [SH] avec les lettres « ㅣ », « ㅑ », « ㅕ », «ㅛ», «ㅠ» (par exemple 씨 = [SHI])	[T]
ㅉ	[JJ] comme dans ciao	-

Astuce : mémorisez le Hangeul en faisant des fiches que vous disposez chez vous dans un endroit où vous posez souvent vos yeux et pratiquez la lecture en essayant de déchiffrer des mots que vous trouvez dans des émissions, des films ou des *drama* coréens.

FORMER UNE SYLLABE EN CORÉEN

Les lettres vues précédemment vont se combiner et s'écrire dans des blocs pour former des syllabes, puis des mots. Chaque syllabe est composée :

- d'une consonne initiale
- d'une voyelle
- éventuellement d'une ou de deux consonnes finales

감	사	합	니	다

Une syllabe commence toujours par une consonne et lorsque vous voulez prononcer simplement une voyelle comme [A] ou [O] par exemple, il faut utiliser la consonne muette ㅇ qui n'est pas prononcée en début de syllabe. Ex : 아[A] et 오[O].

La forme de la syllabe va dépendre du type de voyelle :

LES VOYELLES VERTICALES

Les voyelles verticales : ㅏ ㅑ ㅓ ㅕ ㅣ ㅐ ㅒ ㅔ ㅖ peuvent être combinées avec des consonnes de ces manières :

Une consonne + une voyelle verticale	Une consonne + une voyelle verticale + une consonne	Une consonne + une voyelle verticale + deux consonnes
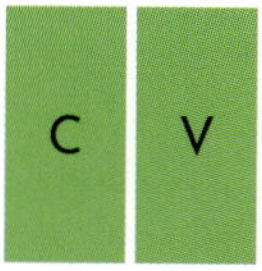	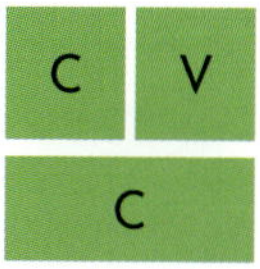	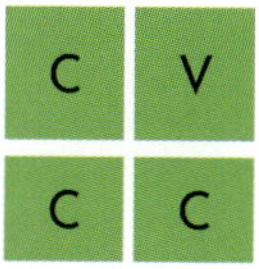
가 = ㄱ + ㅏ 매 = ㅁ + ㅐ	안 = ㅇ + ㅏ + ㄴ 책 = ㅊ + ㅐ + ㄱ	삶 = ㅅ + ㅏ + ㄹ + ㅁ 읽 = ㅇ + ㅣ + ㄹ + ㄱ

LES VOYELLES HORIZONTALES

Les voyelles horizontales : ㅗ ㅛ ㅜ ㅠ ㅡ peuvent être combinées avec des consonnes de ces manières :

Une consonne + une voyelle horizontale	Une consonne + une voyelle horizontale + une consonne	Une consonne + une voyelle horizontale + deux consonnes
C V	C V C	C V C C
누 = ㄴ + ㅜ 도 = ㄷ + ㅗ	는 = ㄴ + ㅡ + ㄴ 숨 = ㅅ + ㅜ + ㅁ	옮 = ㅇ + ㅗ + ㄹ + ㅁ 늙 = ㄴ + ㅡ + ㄹ + ㄱ

LES VOYELLES COMPOSÉES

Les voyelles composées : ㅘ ㅙ ㅚ ㅝ ㅞ ㅟ ㅢ peuvent s'écrire de cette manière :

Une consonne + une voyelle composée	Une consonne + une voyelle composée + une consonne
C V	C V C
뇌 = ㄴ + ㅚ 과 = ㄱ + ㅘ	원 = ㅇ + ㅝ + ㄴ 광 = ㄱ + ㅘ + ㅇ

Pour un enseignement du Hangeul plus interactif, vous pouvez également visionner cette vidéo :

LA STRUCTURE D'UNE PHRASE

저는 사과를 먹어요 → "Je une pomme mange"...

Oui vous avez bien lu, cette phrase traduite littéralement est digne d'une réplique de maître Yoda. Effectivement, en coréen, la structure des phrases et l'ordre des mots sont complètement différents du français. Cela vous force à faire une gymnastique du cerveau à chaque fois que vous voulez vous exprimer en coréen.

Contrairement au français, les phrases coréennes basiques sont construites selon cette structure :

Sujet + Complément + Verbe.

LA CONJUGAISON

L'INFINITIF D'UN VERBE

Les termes grammaticaux utilisés ici ne sont pas ceux de la linguistique coréenne, mais ceux qui seront les plus familiers au lecteur français, issus de la grammaire française.

Tout d'abord, les verbes à l'infinitif sont faciles à reconnaître car ils se terminent toujours par -다. Par exemple : manger 먹다, boire 마시다, faire 하다 , aller 가다...

Ce que nous appelons le "radical du verbe" correspond aux syllabes qui se trouvent avant -다. Donc 먹-, 마시-, 하-, 가-, etc.

De plus, les adjectifs, qui ont une forme de verbe en coréen (= verbe d'état) se terminent aussi par -다 et suivent les mêmes règles de conjugaison que les verbes : 예쁘다 (être joli(e)), 크다 (être grand(e)), 작다 (être petit(e)).

Rassurez-vous, la conjugaison coréenne n'est pas aussi étoffée que la conjugaison française. En effet, en français, le verbe se conjugue en fonction du sujet, accordé en genre et en nombre. En coréen, le verbe est conjugué de la même façon quelle que soit la personne.

En revanche, la façon de conjuguer le verbe en coréen change en fonction de la formalité du contexte et selon le degré de politesse à adopter par rapport à la position hiérarchique et à l'âge de votre interlocuteur.

En français, si par exemple vous deviez dire la phrase "Je rentre chez moi", peu importe le contexte dans lequel vous vous adressez à une personne, la phrase restera identique. En coréen, vous devez l'adapter selon le destinataire du message.

LES DIFFÉRENTS TYPES DE REGISTRES

En coréen, il existe 7 registres de langue mais nous ne verrons que les 4 qui sont les plus communément utilisés de nos jours et qui sont présents dans la BD.

L'INFORMEL NON POLI (FAMILIER)

En faisant une analogie avec le français, nous pouvons dire que ce registre s'apparente au tutoiement. Il s'agit du niveau de politesse le plus bas. Il s'emploie avec des proches, entre amis ou avec des enfants.

Dans la BD, nous retrouvons ce registre lorsqu'un personnage se parle à lui-même ou à des personnes avec qu'il se sent proche. Il est aussi utilisé lorsqu'une personne âgée s'adresse à un jeune ou lorsqu'un patron s'adresse à ses subordonnés.

CONJUGAISON AU PRÉSENT

* Si le radical du verbe contient ㅏ ou ㅗ on combine avec 아. Plusieurs cas se présentent :

1) Dans le cas où le radical se termine par une consonne, il faut lui accoler la terminaison 아 :

- 살다 (vivre) → 살 + 아 = 살아
- 받다 (recevoir) → 받 + 아 = 받아

2) Dans le cas où le radical se termine par la voyelle ㅏ, il faut le fusionner avec la terminaison 아 :

- 가다 (aller) → 가 + 아 = 가
- 만나다 (rencontrer) → 만나 + 아 = 만나

<u>Exception</u> : le verbe 하다 (faire) qui est souvent combiné avec d'autres verbes et aussi avec des noms pour former des verbes d'action ou d'état (= adjectifs).

- 하다 (faire) → 해
- 공부하다 (étudier) → 공부해
- 완벽하다 (être parfait) → 완벽해

3) Dans le cas où le radical se termine par la voyelle ㅗ, il faut le contracter avec la terminaison 아 :

- 오다 (venir) → 오 + 아 = 와
- 보다 (voir/regarder) → 보 + 아 = 봐

* Si le radical du verbe ne contient ni ㅏ ni ㅗ, plusieurs cas se présentent également. Combinaison avec -어 :

1) Dans le cas où le radical se termine par une consonne, il faut lui accoler la terminaison 어 :

- 먹다 (manger) → 먹 + 어 = 먹어
- 있다 (exister/avoir) → 있 + 어 = 있어
- 입다 (porter/s'habiller) → 입 + 어 = 입어

Exception : si le radical se termine par la consonne ㅂ, il faut retirer ㅂ puis lui ajouter la terminaison 워 :

- 춥다 (avoir froid) → 추워
- 무섭다 (avoir peur) → 무서워
- 귀엽다 (être mignon) → 귀여워

2) Dans le cas où le radical se termine par la voyelle ㅜ, il faut le contracter avec la terminaison 어 :

- 주다 (donner) → 주 + 어 = 줘
- 배우다 (apprendre) → 배우 + 어 = 배워

3) Dans le cas où le radical se termine par la voyelle ㅣ, il faut le contracter avec la terminaison 어 qui va donner ㅕ:

- 마시다 (boire) → 마시 + 어 = 마셔
- 기다리다 (attendre) → 기다리 + 어 = 기다려

4) Dans le cas où le radical se termine par ㅐ, ㅓ ou ㅕ, qui comportent déjà - ㅓ (애 = ㅏ+ㅓ, 여 = ㅣ + ㅓ) on garde la conjugaison du verbe identique au radical :

- 보내다 (envoyer) → 보내
- 서다 (se tenir debout) → 서
- 켜다 (allumer) → 켜

Exception : 이다 (négation : 아니다) correspond au verbe "être" en français pour exprimer l'équivalence entre deux éléments (ex : je suis coréen) et non pas pour exprimer une localisation (ex : je suis au travail) ni l'existence (ex : je pense, donc je suis). Il se conjugue selon le nom qui le précède :

- s'il se termine par une voyelle, on ajoute 야 :
제이크야. = Je suis Jake.
- s'il se termine par une consonne, on ajoute 이야 :
넌 내 철친이야. = T'es mon meilleur ami.

Cette liste englobe la plupart des cas mais n'est pas exhaustive puisqu'il existe également une liste de verbes irréguliers qui se conjuguent de façon différente.

Cela peut paraître compliqué au premier abord mais au final, avec ces 9 règles à mémoriser, vous pouvez conjuguer la grande majorité des verbes en coréen au présent et à toutes les personnes. Nous sommes loin des 3 groupes de verbes avec les différentes conjugaisons et des nombreuses exceptions en français, n'est-ce pas ?

CONJUGAISON AU PASSÉ

Pour le passé, il vous suffit de connaître les règles du présent puis vous avez juste à combiner la terminaison ㅆ어 au verbe conjugué au présent :

- 살다 → 살아 + ㅆ어 = 살았어
- 받다 → 받아 + ㅆ어 = 받았어

Toutes les autres règles et exceptions de conjugaison du présent vues précédemment sont transposables au passé :

- 가다 → 갔어
- 하다 → 했어
- 보다 → 봤어
- 있다 → 있었어
- 무섭다 → 무서웠어
- 마시다 → 마셨어

Exception : le verbe 이다 (être)

- si le nom le précédant se termine par une voyelle, on ajoute 였어 :
누구였어? = C'était qui ?
- si le nom le précédant se termine par une consonne, on ajoute 이었어 :
지민이었어. = C'était Jimin.

CONJUGAISON AU FUTUR

Que ce soit pour un adjectif (verbe d'état) ou un verbe d'action, il faut ajouter -ㄹ/을 거야 au radical :

* Si le radical du verbe se termine par une voyelle, il faut lui ajouter -ㄹ 거야 (notez bien l'espace entre les deux éléments) :

- 오다 → 올 거야

* Si le radical du verbe se termine par une consonne, on lui ajoute 을 거야 :

- 먹다 → 먹을 거야

* <u>Exception 1</u> : si le radical du verbe se termine par ㄹ, il suffit de lui ajouter 거야 :

- 살다 → 살 거야

* <u>Exception 2</u> : si le radical du verbe se termine par ㅂ, il faut enlever ㅂ et lui accoler 울 거야 :

- 춥다 → 추울 거야

L'INFORMEL POLI (VOUVOIEMENT)

Par rapport au discours précédent, il s'agit ici d'une forme de vouvoiement, c'est le registre le plus communément utilisé dans les contextes suivants :
- avec un inconnu
- entre collègues
- avec des connaissances qui ne sont pas encore très proches si la situation n'est pas trop formelle.

CONJUGAISON AU PRÉSENT

Il suffit simplement de reprendre le verbe conjugué au présent au registre familier et d'ajouter la particule de politesse 요 :

- 살다 → 살아 + 요 = 살아요
- 가다 → 가 + 요 = 가요
- 하다 → 해 + 요 = 해요
- 먹다 → 먹어 + 요 = 먹어요
- 춥다 → 추워 + 요 = 추워요

Exception : le verbe 이다 (être)

- si le nom le précédant se termine par une voyelle, on ajoute 예요 :
제이크예요? = Je suis Jake.
- si le nom le précédant se termine par une consonne, on ajoute 이에요 :
나민이에요. = Je suis Namin.

CONJUGAISON AU PASSÉ

De même, il suffit de reprendre le verbe conjugué au passé au registre familier et d'ajouter la particule de politesse 요 :

- 살다 → 살았어 + 요 = 살았어요
- 만나다 → 만났어 + 요 = 만났어요
- 먹다 → 먹었어 + 요 = 먹었어요
- 춥다 → 추웠어 + 요 = 추웠어요

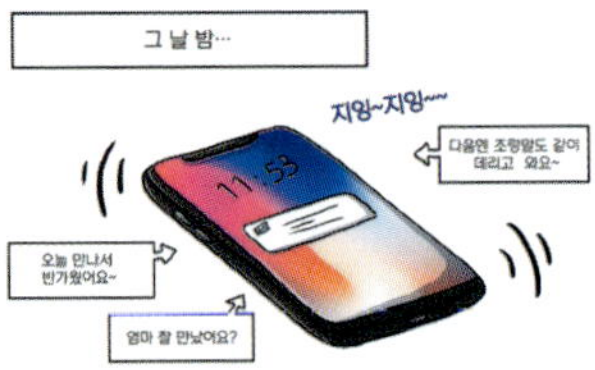

Exception : le verbe 이다 (être)

- si le nom le précédant se termine par une voyelle, on ajoute 였어요 :
우리 엄마는 가수였어요. = Ma mère était chanteuse.
- si le nom le précédant se termine par une consonne, on ajoute 이었어요 :
아들린이었어요. = C'était Adeline.

CONJUGAISON AU FUTUR

Pour le futur, il faut également reprendre le verbe conjugué au futur du registre familier, lui retirer 야 et lui accoler 예요 :

- 살다 → 살 거야 + 예요 = 살 거예요
- 좋아하다 → 좋아할 거야 + 예요 = 좋아할 거예요
- 먹다 → 먹을 거야 + 예요 = 먹을 거예요
- 춥다 → 추울 거야 + 예요 = 추울 거예요

LE FORMEL POLI (REGISTRE SOUTENU)

Il s'agit du registre soutenu qui est le niveau de politesse le plus élevé. Ce discours est utilisé pour montrer un grand degré de respect :

- envers des personnes âgées
- envers quelqu'un d'important
- envers un supérieur hiérarchique
- envers des clients

Il est aussi ajouté dans des situations formelles, "officielles" : un discours, une présentation, un cours, etc.

CONJUGAISON AU PRÉSENT

Si le radical se termine par une voyelle, il faut lui ajouter ㅂ니다 :

- 가다 → 갑니다
- 이다 → 입니다

Si le radical se termine par une consonne, il faut lui ajouter 습니다 :

- 먹다 → 먹습니다

Si le radical se termine par ㄹ, il faut lui accoler ㅂ니다 :

- 살다 → 삽니다

CONJUGAISON AU PASSÉ

Il faut reprendre le verbe conjugué au passé du registre familier, lui retirer la terminaison 어 et lui ajouter 습니다 :

- 살다 → 살았~~어~~ + 습니다 = 살았습니다
- 가다 → 갔~~어~~ + 습니다 = 갔습니다
- 먹다 → 먹었~~어~~ + 습니다 = 먹었습니다
- 춥다 → 추웠~~어~~ + 습니다 = 추웠습니다

<u>Exception</u> : le verbe 이다 (être)

- si le nom le précédant se termine par une voyelle, on ajoute 였습니다 :
제이크였습니다. = C'était Jake.
- si le nom le précédant se termine par une consonne, on ajoute 이었습니다 :
저는 선생님이었습니다. = J'étais professeur.

CONJUGAISON AU FUTUR

Si le radical du verbe se termine par une voyelle, on ajoute ㄹ 겁니다 :

- 가다 → 갈 겁니다

Si le radical du verbe se termine par une consonne, on ajoute 을 겁니다 :

- 먹다 → 먹을 겁니다

Exceptions :

- si le radical du verbe se termine par ㄹ, il suffit de lui ajouter 겁니다 :
살다 → 살 겁니다
- si le radical du verbe se termine par ㅂ, il faut enlever ㅂ et lui accoler 울 겁니다 :
춥다 → 추울 겁니다

LE FORMEL NON POLI (REGISTRE NEUTRE)

Nous qualifierons ce registre de "neutre". Il est souvent utilisé dans ces contextes :

- dans des documents écrits impersonnels (livres, journaux, magazines, etc.)
- dans des cas de discours indirect ("Il a dit que...")
- dans des cours pour expliquer des règles de grammaire lorsqu'une personne se parle à elle-même.

CONJUGAISON AU PRÉSENT

Avec les verbes d'action

Si le radical se termine par une voyelle, il faut lui accoler ㄴ다 :

- 열심히 하다 (faire avec passion) → 열심히 한다
- 기대되다 (avoir hâte) → 기대된다

Si le radical se termine par une consonne, il faut lui accoler 는다 :

- 먹다 → 먹는다

Si le radical se termine par ㄹ, il faut retirer ㄹ puis lui ajouter ㄴ다 :

- 살다 → 산다

Dans ce cas, la conjugaison du verbe correspond à son infinitif, sans

Avec les verbes d'état (adjectifs)

modification :

- 친절하다 (être gentil) → 친절하다
- 순진하다 (être naïf) → 순진하다
- 눈치가 없다 (manquer de perspicacité) → 눈치가 없다

CONJUGAISON AU PASSÉ

Que ce soit pour un adjectif ou un verbe d'action, il faut reprendre le verbe conjugué au passé du registre familier, lui retirer la terminaison 어 et lui ajouter 다 :

- 잡다 (prendre) → 잡았~~어~~ + 다 = 잡았다
- 이상하다 (être étrange) → 이상했~~어~~ + 다 = 이상했다

CONJUGAISON AU FUTUR

Que ce soit pour un adjectif (verbe d'état) ou un verbe d'action, il faut ajouter -ㄹ/을 것이다 au radical :

- Si le radical se termine par une voyelle, il suffit de lui ajouter -ㄹ 것이다 :

오다 → 올 것이다

- Si le radical se termine par une consonne, il faut lui accoler 을 것이다 :

먹다 → 먹을 것이다

Exception 1 : Si le radical se termine par ㄹ, il faut lui ajouter seulement 것이다 :

살다 → 살 것이다

Exception 2 : Si le radical du verbe se termine par ㅂ, il faut enlever ㅂ et lui accoler 울 것이다 :

춥다 → 추울 것이다

Remarquez l'espace entre -ㄹ/을 et 것이다.

LES PARTICULES

Une des spécificités de la langue coréenne réside dans l'usage de particules afin de qualifier un mot pour lui donner un contexte et un sens dans une phrase. Vous pouvez imaginer qu'une particule permet d'attribuer "une fonction" grammaticale à un mot.

Par exemple, si on considère le mot "maison" dans différentes phrases :

• [Maison + particule de sujet] signifie que la maison est le sujet de la phrase
• [Maison + particule d'objet] signifie que la maison est l'objet de la phrase
• [Maison + particule de lieu] signifie que la maison est le complément de lieu de la phrase.

Bien qu'elles soient utilisées à l'écrit et dans les manuels scolaires pour enseigner le coréen, elles sont très souvent omises du langage de tous les jours lorsqu'il n'y a pas d'ambiguïté dans la phrase. Il existe de nombreuses particules, mais nous n'abordons ici que les principales.

LA PARTICULE DE THÈME 은 / 는

La particule de thème permet de porter l'accent sur un mot afin d'en faire le thème principal de la phrase. Il s'agit d'un concept qui n'existe pas en français mais nous pouvons le transcrire par "en ce qui concerne..." ou "quant à...". La particule de thème se place après le nom qu'elle qualifie.

Si le nom se termine par une consonne, c'est la particule 은 qui est utilisée :

• 명상은 영혼을 맑게 해 주죠. = La méditation permet de purifier votre âme.
→ En ce qui concerne la méditation, elle permet de purifier votre âme.

Si le nom se termine par une voyelle, c'est la particule 는 qui est utilisée :

- 저는 프랑스어(를) 공부하고 싶어요. = Je veux apprendre le français. → En ce qui me concerne, je veux apprendre le français.

Remarque : Parfois, la particule de thème peut-être contractée avec certains mots à l'oral :

- 저 + 는 → 전
- 나 + 는 → 난

LA PARTICULE DE SUJET 이 / 가

La particule de sujet permet d'indiquer que le mot auquel elle est rattachée est le sujet de la phrase.

Si le nom se termine par une voyelle, on ajoute 가 :

- 티비가 비싸요. = La TV est chère.
- 고양이가 아팠어. = Le chat était malade.

Si le nom se termine par une consonne, on ajoute 이 :

- 왕족이 투자하러 올 거야. = La famille royale va venir pour investir dans l'entreprise.

LES DIFFÉRENCES ENTRE LES PARTICULES DE THÈME ET DE SUJET

Les particules 은/는 et 이/가 sont probablement les particules les plus déconcertantes pour toute personne qui apprend le coréen. Même les Coréens ont du mal à expliquer précisément la différence d'usage entre ces deux particules. Effectivement, le thème d'une phrase peut aussi bien être le sujet de cette même phrase. Et pire encore, ces deux particules peuvent aussi être présentes toutes les deux dans une même phrase. Bonjour l'aspirine !

그는 실력이 있다 = Il a des compétences.

(littéralement : Le concernant, ses compétences existent.)
On porte l'accent sur "IL", la conversation tourne autour de LUI qui est donc le thème de la phrase, et ce sont ces compétences qui existent qui sont le sujet grammatical de la phrase.

내일은 동생이 올거야. = Demain, mon frère va venir.

C'est le fait que "DEMAIN", mon frère va venir, et pas un autre jour, qui est souligné, tandis que le sujet du verbe venir est "mon frère".

나는 이 소설이 제일 재미있다 = Ce sont les romans qui me plaisent le plus.

(Littéralement : Me concernant, les romans sont les plus intéressants.)
Pour "MOI", et seulement selon mes goûts qui est le thème de la phrase, ce sont les romans qui sont les plus intéressants, avec "les romans" qui est le sujet de la phrase.

LA PARTICULE D'OBJET 을 / 를

Comme son nom l'indique, cette particule sert à attribuer la fonction de complément d'objet direct à un mot.

Si le C.O.D se termine par une consonne, on ajoute 을 :

- 제 옷을 벗어야 해요? = Je dois enlever <u>mes vêtements</u> ?

Si le nom se termine par une voyelle, on ajoute 를 :

- 이제 파티를 시작해 볼까? = Et si on commençait <u>la fête</u> maintenant ?

Les particules que nous venons de voir (ainsi que le sujet) peuvent parfois être omises si le sujet et l'objet de la phrase sont évidents :

- ~~너는~~ 나를 진짜 사랑해? → 나 진짜 사랑해? = Tu m'aimes vraiment ?

Dans la suite du livre, lorsqu'il n'y aura pas d'ambiguïtés, nous mettrons les particules entre parenthèses pour indiquer qu'elles peuvent être omises à l'oral.

L'HONORIFIQUE

Le concept d'honorifique est extrêmement important en coréen et dans la culture coréenne. Il consiste à exprimer son respect envers une personne (parents, patrons, clients, personne inconnue...) dont on parle ou à qui l'on s'adresse. Il peut à la fois être utilisé lorsqu'on parle directement à une personne (par exemple, si on parle directement à son patron).
Mais il peut également être utilisé lorsque l'on désigne une personne qui n'est pas présente et qu'on veut lui montrer son respect (par exemple, si on demande à un ami des nouvelles de son grand-père).

CONJUGAISON DE L'HONORIFIQUE

Un verbe a donc deux formes : la version de base que l'on connaît déjà (infinitif en -다) et la version honorifique :

Si le radical se termine par une voyelle, on forme la version du verbe honorifique en y ajoutant 시다 :

가다 → 가시다
오다 → 오시다

Si le radical se termine par une consonne, on y ajoute 으시다 :

앉다 → 앉으시다
입다 → 입으시다

L'honorifique est donc comme un nouveau verbe qui peut être conjugué dans les différents registres que nous venons de voir précédemment.

AU PRÉSENT

• Forme familière
너의 어머니가 지금 뭐하셔? = Que fait ta mère maintenant ? (On peut s'adresser à un ami dans le registre familier tout en respectant la personne dont on parle.)

• Vouvoiement
뭐를 좋아하세요? = Qu'est-ce que vous aimez ?

À noter, au présent et dans le registre du vouvoiement seulement, la terminaison (으)셔요 laisse place de nos jours à (으)세요.

• Forme soutenue
사장님이 지금 바쁘십니다. = Le patron est occupé maintenant.

AU PASSÉ

• Forme familière
너의 어머니가 어제 뭐 하셨어? = Qu'est-ce que ta mère a fait hier ?

• Vouvoiement
많이 아프셨어요? = Est-ce que vous avez beaucoup souffert ?

• Forme soutenue
사장님이 휴가 가셨습니다. = Le patron est parti en vacances.

AU FUTUR

• Forme familière
과장님이 내일 어디로 출장을 가실 거야? = Où est-ce que le manager va aller en voyage d'affaires demain ?

• Vouvoiement
사장님이 내일 출발 하실 거예요. = Le patron va partir demain.

• Forme soutenue
선생님이 지금 오실 겁니다. = Le professeur va venir maintenant.

Certains verbes ont également leur propre forme honorifique. Lorsque vous les utilisez, ils ont déjà cette valeur de respect envers l'interlocuteur. Vous pouvez donc les conjuguer directement dans le registre et le temps adéquats.

Verbe	Forme honorifique	Signification
있다	계시다	exister, avoir
없다	안 계시다	ne pas exister, ne pas avoir
주다	드리다	donner
먹다	드시다, 잡수시다	manger
마시다	드시다	boire
자다	주무시다	dormir
보다	뵙다	voir ou rencontrer
말하다	말씀하시다	dire ou parler
배고프다	시장하시다	avoir faim
죽다	돌아가시다	mourir

Il y a également des noms qui ont leur propre forme honorifique :

Nom	Forme honorifique	Signification
집	댁	maison
이름	성함	nom
사람	분	personne
생일	생신	date d'anniversaire
나이	연세	âge

LE TEMPS PROGRESSIF

Le temps progressif est utilisé pour décrire une action qui est en cours de déroulement et se traduirait en français par " être en train de... ".
Pour former ce temps, on ajoute au radical du verbe -고 있다 conjugué dans les différents temps et registres de la grammaire coréenne.

가다 → 가+고 있다 = 가고 있다 (être en train d'aller)
먹다 → 먹+고 있다 = 먹고 있다 (être en train de manger)
자다 → 자+고 있다 = 자고 있다 (être en train de dormir)

AU PRÉSENT

- Vouvoiement

남동생이 자고 있어요. = Mon frère est en train de dormir.

AU PASSÉ

- Forme soutenue

저는 밥을 먹고 있었습니다. = J'étais en train de manger.

AU FUTUR

- Forme familière

11시면 난 자고 있을 거야. = À 11 heures, je serai en train de dormir.

EXPRIMER LA NÉGATION 안 / - 지 않다 / 아니다

Il y a plusieurs façons d'exprimer la négation en coréen.

Avec 안

Une façon courante pour exprimer la négation est d'utiliser la marque de négation 안 devant le verbe conjugué dans le temps et le registre voulus.

가다 → 안 갈 거야. = Je n'irai pas.
먹다 → 안 먹었어요. = Je n'ai pas mangé.
마시다 → 안 마십니다. = Je ne bois pas.

À noter que si le verbe est en -하다, la négation 안 doit se placer juste devant 하다.

공부하다 → 공부(를) 안 했어요. = Je n'ai pas étudié.

Avec -지 않다

Une autre façon très commune d'exprimer la négation est d'employer la proposition -지 않다 après le radical d'un verbe.

사랑하다 → 사랑하지 않다 = Ne pas aimer.
춥다 → 춥지 않다 = Ne pas être difficile.
어렵다 → 어렵지 않다 = Ne pas avoir/être froid.

On obtient donc la version négative du verbe qu'il faut conjuguer dans le temps et le registre voulus.

AU PRÉSENT

- Forme soutenue

어렵지 않습니다. = Ce n'est pas difficile.

AU PASSÉ

- Forme familière

나는 너를 사랑하지 않았어. = Je ne t'aimais pas.

AU FUTUR

- Vouvoiement

내일 춥지 않을 거예요! = Il ne fera pas froid demain !

Avec 아니다

Afin d'infirmer la proposition d'un interlocuteur, nous pouvons utiliser le verbe 아니다 (ne pas être) qui est l'antonyme du verbe 이다 (être).
Ce verbe se conjugue selon les règles de conjugaison habituelles à part pour le présent :

- Forme familière : 아니야
- Vouvoiement : 아니에요
- Forme soutenue : 아닙니다
- Forme neutre : 아니다

Exemple :

학생이에요? = Êtes-vous étudiant ?
아니에요. 저는 회사원이에요. = Non (je ne suis pas étudiant). Je suis employé d'une entreprise.

LES FORMES INTERROGATIVES

Il est très simple de poser une question en coréen, il suffit de prendre la forme affirmative d'une phrase et de lui ajouter un point d'interrogation à la fin. La différence à l'oral se fera entendre dans l'intonation qui doit monter lorsqu'on pose une question.

Par exemple, l'affirmation suivante :
리사는 밥 먹었어. = Lisa a mangé.

se transforme en question en montant la voix comme lorsqu'on pose une question en français :
리사는 밥 먹었어? = Est-ce que Lisa a mangé ?

Exception : dans le cas du registre soutenu, pour poser une question, il faut utiliser la forme en -ㅂ/습니까
Dans ce cas, la forme interrogative du verbe se construit de cette manière :

Si le radical se termine par une consonne, il faut lui accoler la terminaison -습니까

먹다 → 먹 + 습니까? → 먹습니까?
고기를 먹습니까? = Mangez-vous de la viande ?

Si le radical se termine par une voyelle, il faut lui accoler la terminaison ㅂ니까

가다 → 가 + ㅂ니까? → 갑니까?
지금 사무실에 갑니까? = Allez-vous au bureau maintenant ?

Pour être encore plus poli, on peut utiliser la version honorifique de verbe à laquelle on ajoute la terminaison ㅂ니까

고기를 드십니까?
지금 사무실에 가십니까?

LES ADVERBES ET PRONOMS INTERROGATIFS

Pour poser une question, comme en français, on peut avoir recours à des adverbes ou à des pronoms interrogatifs :

coréen	français	exemples
왜	pourquoi	한국을 왜 좋아합니까? = Pourquoi aimez-vous la Corée ? 왜 울어? = Pourquoi pleures-tu ? 어제 출근 왜 안 했어요? = Pourquoi vous n'êtes pas allé au travail hier ?
언제	quand	여행을 언제 갈 거야? = Quand vas-tu partir en voyage ? 밥을 언제 먹었어요? = Quand avez-vous mangé ? 남자친구를 언제 만날 거야? = Quand vas-tu voir ton copain ?
누구	qui	누구세요? = Qui êtes-vous ? 내일 누구 만날 거야? = Qui vas-tu voir demain ? 저 사람은 누구예요? = Qui est cette personne ?
어디	où	어디에 살아요? = Où vivez-vous ? 화장실이 어디예요? = Où sont les toilettes ? 아버지가 어디가셨어? = Où est-ce que ton père est allé ?
어떻게	comment	한국어를 어떻게 배웠어? = Comment as-tu appris le coréen ? 집에 어떻게 갈 거예요? = Comment allez-vous rentrer à la maison ? 여자친구를 어떻게 만났어? = Comment as-tu rencontré ta copine ?
몇	combien (quantité dénombrable)	몇 살이에요? = Quel âge avez-vous ? 몇 시예요? = Quelle heure est-il ? 기생충을 몇 번 봤어요 ? = Combien de fois avez-vous vu "Parasite" ?
얼마(나)	combien (indénombrable + prix, durée, distance...)	한국어를 얼마나 잘 해요? = À quel point parlez-vous bien le coréen ? 여자친구를 얼마나 사랑해? = À quel point aimes-tu ta copine ? 저 책은 얼마예요? = Combien coûte ce livre ?
무엇 = 무어(뭐)	quoi	무엇을 마셨어요? = Qu'avez-vous bu ? 뭐 했어? = Qu'as-tu fait ? 이름이 뭐예요? = Quel est votre nom ?

LES COMBINAISONS DE VERBES

En coréen, il arrive souvent que l'on combine plusieurs verbes pour en former un nouveau afin d'exprimer une succession d'actions :

- **Verbe** + 보다

Lorsqu'on combine le verbe 보다 (voir) avec un autre verbe, on exprime le fait d'essayer, d'expérimenter ou de tester une action de manière générale.

Ici, 친구를 만들어 보다. = Essayer de se faire des amis.

- 사다 + 가다

Ici, 과일이랑 술(을) 사가다. = Acheter des fruits et de l'alcool avant d'y aller.

- 갈다 + 입다

La locution verbale 갈아 입다 est composée des actions 갈다 = se changer et 입다 = se vêtir.

• 맞추다 + 놓다

Ici, la locution verbale 맞춰 놓다 est composée de 맞추다 (ajuster) + le verbe auxiliaire 놓다 qui indique que l'action ou l'état évoqué persiste.

Il existe de nombreux autre verbes composés qui sont souvent utilisés dans la langue coréenne, voici une liste non exhaustive des plus communs :

가지다 (avoir/porter) + 오다 (venir) → 가져오다 = apporter
가지다 (avoir/porter) + 가다 (aller) → 가져가다 = emporter
돌다 (tourner) + 오다 (venir) → 돌아오다 = revenir
돌다 (tourner) + 가다 (aller) → 돌아가다 = retourner
들다 (entrer) + 오다 (venir) → 들어오다 = entrer, pénétrer (avec le mouvement qui vient vers le locuteur)
들다 (entrer) + 가다 (aller) → 들어가다 = entrer, pénétrer (avec le mouvement qui s'éloigne du locuteur)

LES PRONOMS PERSONNELS

Contrairement au français, les pronoms personnels sont peu utilisés en coréen. La règle de base importante à suivre est de connaître le nom ou le titre d'une personne pour la désigner sans avoir à passer par un pronom personnel. Ainsi lorsqu'on s'adresse à une personne, on évitera de dire "et vous?", mais on utilisera plutôt les titres de cette liste non exhaustive selon la personne :

prénom d'une personne + 씨, par exemple : 정국씨
• 사장님 = patron
• 선생님 = professeur

- 기사님 = chauffeur, technicien
- 아저씨 = monsieur (d'âge mûr)
- 아줌마/아주머니 = madame (d'âge mûr)
- 오빠 = grand frère (pour une fille) (voir p. 156)
- 누나 = grande sœur (pour un garçon)

...

Si vous ne connaissez ni le nom ni le titre de la personne à qui vous vous adressez et qu'il serait embarrassant de lui demander, la meilleure solution est d'omettre le pronom :

케빈 : 어 이서씨! 오랜만이에요. 요즘 바쁘세요? = Oh Yiseo, ça fait longtemps ! Êtes-vous occupée ces jours-ci ?

이서 : 네. 요즘 많이 바빠요. 요즘 바쁘세요? = Oui, je suis très occupée ces jours-ci. (Et vous) Êtes-vous occupé ces jours-ci ?

Certains pronoms sont tout de même souvent utilisés comme 나/저 = je, 너 = tu (tutoiement de la part d'une personne proche ou de quelqu'un au statut social supérieur), 우리 = nous.

Voici dans ce tableau la liste des pronoms personnels :

Pronom	Registre familier	Registres formel et informel poli
Je	나	저
Tu	너	그쪽 etc.
Il	그	그분
Elle	그녀	그분
Nous	우리	저희
Vous (pluriel)	너희들 (plusieurs personnes que l'on tutoie)	여러분 (devant un groupe de personnes lors d'un discours)
Ils	그들	그분들
Elles	그녀들	그분들

NB1 : Attention, vous risquez de tomber sur le mot "당신" si vous cherchez dans un dictionnaire coréen l'équivalent de "vous" (vouvoiement). Il est pourtant strictement déconseillé d'utiliser le mot 당신 qui a soit une valeur poétique et honorifique (pour désigner un dieu à la troisième personne ou même son amour), soit une valeur grossière perçue comme insultante dans la conversation (= "toi là !").
Très contradictoire n'est-ce pas ?

NB2 : Avec les pronoms 나, 저 et 너 il y a une exception avec la particule de sujet 가.

나 + 가 = 내가 (et non 나가)
저 + 가 = 제가 (et non 저가)
너 + 가 = 네가 (et non 너가, prononcer [니가])

NB3 : Les Coréens contractent très souvent les pronoms avec les particules :

- Avec la particule de thème : 난(나는), 넌(너는), 전(저는) ...
- Avec la particule d'objet : 날(나를), 널(너를), 절(저를) ...
- Avec la particule de possession : 내(나의), 네(너의), 제(저의), ...

LES NOMBRES

Il existe deux systèmes de nombres : les nombres coréens et les nombres sino-coréens.

LES NOMBRES CORÉENS

0	XXX	5	다섯
1	하나	6	여섯
2	둘	7	일곱
3	셋	8	여덟
4	넷	9	아홉

À partir de dix, il suffit de connaître les dizaines pour savoir compter jusqu'à 99.

10	열	60	예순
20	스물	70	일흔
30	서른	80	여든
40	마흔	90	아흔
50	쉰		

Par exemple,

17 = 10 (열) + 7 (일곱) = 열일곱
49 = 40 (마흔) + 9 (아홉) = 마흔아홉

LES NOMBRES SINO-CORÉENS

0	공/영	6	육
1	일	7	칠
2	이	8	팔
3	삼	9	구
4	사	10	십
5	오		

Par exemple, au-delà de 10 :

15 = 10 (십) + 5 (오) = 십오
26 = 2 (이) + 10 (십) + 6 (육) = 이십육

Pour compter au-delà de 99, il suffit de savoir dire « cent » et « mille » :

100	백	1000	천

Par exemple,

324 = 3 (삼) x 100 (백) + 2 (이) x 10 (십) + 4 (사) = 삼백이십사
7950 = 7 (칠) x 1000 (천) + 9 (구) x 100 (백) + 5 (오) x 10 (십) = 천구백오십

Au-delà de 9 999, il faudra utiliser la quantité 만 pour dire 10 000.

10 000	만

Par exemple,

20 000 = 2 (이) x 10 000 (만) = 이만
35 000 = 3 (삼) x 10 000 (만) + 5 (오) x 1000 (천) = 삼만오천
56789 = 오만육천칠백팔십구

Attention, il y a souvent des confusions pour les francophones qui on tendance à dire 35 000 (trente-cinq mille) et donc de façon erronée ~~삼십오천~~ mais en coréen, il faut compter par tranches de 10 000 (만).

Dans le cas de 100 000 = 10 (십) x 10 000 (만)= 십만 et non pas 백천
1 000 000 = 100 (백) x 10 000 (만) = 백만
10 000 000 = 1 000 x 10 000 = 천만

	만
일	1
십	10
백	100
천	1 000
만	10 000
십만	100 000
백만	1 000 000
천만	10 000 000

Quel système utiliser ?

Le système sino-coréen est utilisé pour l'argent (원), l'âge (세 qui est utilisé de manière plus polie pour parler de l'âge quelqu'un), les minutes (분), les secondes (초), les dates (3 Mai : 오월 삼 일), les étages (층), les numéros de téléphone (010-1234-9876 : 공일공 일이삼사 구팔칠육).

Le système coréen est utilisé pour compter les heures (시) , les personnes (명), l'âge (살), les choses (개), les animaux (마리),...

EXPRIMER UNE SUGGESTION -ㄹ/을까(요)

Afin de suggérer à quelqu'un de faire quelque chose ensemble ou pour lui/elle, on peut utiliser la structure en -ㄹ/을까(요).

• Si le radical du verbe se termine par une voyelle, il faut lui ajouter -ㄹ까(요)

한국어를 같이 공부할까요? = Et si on étudiait le coréen ensemble ?

집에 데려다 줄까요? = Devrais-je vous déposer à la maison/chez vous ?

• Si le radical du verbe se termine par une consonne, il faut lui ajouter -을까(요)

집에서 먹을까요? = Et si on mangeait à la maison ?

NB : Parfois la structure en -ㄹ/을까(요) peut être utilisée lorsqu'une personne se fait à elle-même une suggestion en se posant la question mentalement :

저녁을 뭐 먹을까? = Qu'est-ce que je pourrais manger ce soir ?
집에 갈까? = Devrais-je rentrer chez moi ?

EXPRIMER LA CAPACITÉ / L'INCAPACITÉ
-ㄹ/을 수 있다 / -ㄹ/을 수 없다

POUVOIR - ㄹ/을 수 있다

On exprime la capacité ou la possibilité de réaliser une action à l'aide de la structure -ㄹ/을 수 있다 conjuguée dans les registres et temps souhaités.

- Si le radical se termine par une voyelle, on lui ajoute -ㄹ 수 있다

지금 만날 수 있어요? = On peut se voir maintenant ?
(Est-ce que c'est possible ?)

넌 할 수 있어! = Tu peux le faire ! (Tu en as la capacité !)

- Si le radical se termine par une consonne, on lui ajoute -을 수 있다.

공깃밥을 5그릇 먹을 수 있어요. = Je peux manger 5 bols de riz.

NE PAS POUVOIR - ㄹ/을 수 없다

L'antonyme de -ㄹ/을 수 있다 (pouvoir ou être capable de) est -ㄹ/을 수 없다 (ne pas pouvoir ou être incapable de). Cette structure s'emploie de manière similaire.

- Si le radical se termine par une voyelle, on lui ajoute -ㄹ 수 없다

전 피곤해서 운동을 할 수 없어요 = Parce que je suis fatigué, je ne peux pas faire de sport. (J'en suis incapable.)

- Si le radical se termine par une consonne, on lui ajoute -을 수 없다

널 잊을 수 없을 거야! = Je ne pourrai pas t'oublier ! (C'est impossible.)

EXPRIMER UNE AUTORISATION -도 되다

Afin de demander la permission ou l'autorisation de faire quelque chose, il faut employer la structure suivante : -아/어도 되다

여기서 담배를 펴도 돼요? Est-ce que je peux fumer ici ? (Est-ce que j'en ai le droit ?)

아니요, 안 돼요. Non, vous ne pouvez pas.

NB : cette structure qui se traduit également par "pouvoir" ne doit pas être confondue avec la forme vue précédemment en -ㄹ/을 수 있다. Ce dernier exprime la capacité ou la possibilité de réaliser une action tandis que -도 되다 exprime l'autorisation de réaliser une action.

EXPRIMER UNE INTENTION -겠다

La structure en -겠다 peut à la fois exprimer un futur, une intention très forte, un souhait ou même un doute. C'est aussi un moyen de rendre plus polie une formulation en contexte formel, un peu comme le conditionnel en français.

-겠다 s'ajoute au radical du verbe en se conjuguant dans le registre et le temps souhaités.

1. Utilisé à la première personne dans un registre formel, la forme en -겠다 peut exprimer une forte intention assimilable à un futur.

(제가) 최선을 다하겠습니다! = Je vais faire de mon mieux !

2. En ajoutant (으)면 좋겠다 au radical d'un verbe, on peut exprimer un désir ou un souhait.

빨리 여행을 가면 좋겠다! = J'aimerais bien partir en vacances rapidement ! (littéralement : Ça serait bien si je partais en vacances rapidement !)

여우가 빨리 왔으면 좋겠다! = Ça serait bien que Yeo U arrive rapidement !

3. -겠다 permet aussi de rendre certaines formulations plus polies en les combinant aux verbes 알다 (savoir) ou 모르다 (ne pas savoir, ignorer), par exemple.

알아요 → 알겠어요 (plus poli) → 알겠습니다 (encore plus poli)
몰라요 → 모르겠어요 (plus poli) → 모르겠습니다 (encore plus poli)

4. Les Coréens expriment souvent leurs observation, pensée ou supposition dans le registre neutre à l'aide de -겠다.

맛있겠다! = Ça va être/a l'air délicieux !
죽겠다! = Ça tue ! (littéralement : Je vais mourir !)

EXPRIMER UN ORDRE (IMPÉRATIF)

En coréen, il existe de nombreuses manières pour donner un ordre. Mais il va falloir faire très attention à la structure que vous utilisez, car elle va dépendre de la situation et de la personne à qui vous vous adressez. Bien sûr, vous n'allez pas donner un ordre de la même façon à un enfant et à un client.

- 아/어(요)

La façon la plus simple mais la plus familière de donner un ordre en coréen, c'est d'utiliser tout simplement la forme de la conjugaison du verbe au présent dans le registre familier - 아/어 :

- 빨리 가! = Partez vite !
- 이리 와! = Viens ici !

Vous utilisez seulement cette forme pour les personnes qui sont très proches de vous ou beaucoup plus jeunes. Vous pouvez aussi l'employer lorsque vous vous parlez à vous-même.

Afin de rester poli, vous pouvez utiliser la forme de la conjugaison du verbe au présent dans le registre du "vouvoiement" - 아/어요 :

- 엄마랑 같이 와요! = Venez avec votre mère !

- (으)세요

Peut-être que vous ne vous en êtes pas rendu compte, mais c'est une des premières structures que vous apprenez en coréen puisque c'est la forme que l'on trouve dans les formules de salutation :

- 안녕하세요? (bonjour) qui littéralement signifie "Êtes-vous en paix ?"
- 안녕히 가세요 (au revoir) qui littéralement signifie "Partez paisiblement."

Dans le cas où le radical se termine par une consonne, il faut lui accoler la terminaison 으세요 :

- 입다 → 입으세요! = Habillez-vous !

Dans le cas où le radical se termine par une voyelle, il faut lui ajouter la terminaison 세요 :

- 쓰다 → 쓰세요 = Écrivez.

- 아/어라

Cette forme fait également partie du registre familier et est en général utilisée par des personnes âgées pour donner un ordre aux enfants ou entre amis très proches. Pour utiliser cette forme, il faut ajouter le suffixe 라 à la conjugaison du verbe au présent :

- 마셔라! = Bois !
- 답장 와라! = Réponds !

주세요

En appliquant la règle précédente au verbe 주다 (donner), on obtient une formulation très utilisée en coréen pour faire une requête polie auprès de quelqu'un : 주세요.

Utilisée avec un nom, on pourrait la traduire par "donnez-moi s'il vous plaît" et on l'emploie généralement dans une situation où on souhaite acheter quelque chose ou commander au restaurant par exemple.

그 가방 주세요. = Donnez-moi ce sac, s'il vous plaît.

데낄라 두잔 더 주세요 ! = Donnez-moi deux shots de tequila de plus s'il vous plaît !

NB1 : On peut rendre cette formule encore un peu plus polie en ajoutant le mot 좀 qui permet d'adoucir la phrase.

반찬 좀 더 주세요. = Donnez-moi plus de plats d'accompagnements s'il vous plaît.

NB2 : On peut même pousser la politesse encore plus loin en utilisant 주시겠어요 :

반찬 좀 더 주시겠어요? = Donnez-moi plus de plats d'accompagnements s'il vous plaît.

Si vous souhaitez demander à quelqu'un de réaliser une action pour vous, c'est aussi le verbe 주다 que vous allez utiliser au registre souhaité. En combinant l'action souhaitée avec -어/아 주다, vous pouvez donc demander à quelqu'un de vous rendre un service en faisant bien attention au registre employé selon la personne à qui vous vous adressez.

문을 닫아 주세요. = Fermez la porte (pour moi) s'il vous plaît.

오빠! 숙제가 너무 어려워! 도와 줘~ = Grand frère ! Mes devoirs sont trop difficiles ! Aide-moi s'il te plaît.

-자 (impératif 1ère personne du pluriel)

Si vous souhaitez faire une suggestion à un ami ou à quelqu'un de proche pour réaliser une action ensemble, il faut utiliser le suffixe -자 qui va être ajouté au radical.

날씨가 좋다. 바다에 가자! Il fait beau. Allons à la mer !
주말이다~ 파티를 하자! C'est le week-end. Faisons la fête !

Cette formule ne s'utilise que dans la forme familière. -자요 n'est pas utilisé, mais si vous souhaitez faire une suggestion dans un registre poli, vous pouvez utilisez la formule suivante.

-(ㅂ/읍)시다 (impératif 1ère personne du pluriel)

La forme en -(으)ㅂ시다 est plus formelle et est généralement employée pour suggérer une action collective avec un groupe.

- Si le radical se termine par une voyelle, on lui ajoute -ㅂ시다.

식당에 갑시다! = Allons au restaurant !

- Si le radical se termine par une consonne, on lui ajoute -읍시다.

이 책을 읽읍시다 = Lisons ce livre !

EXPRIMER UNE DÉFENSE (-지 말다)

À l'inverse, on peut exprimer un impératif négatif (défense ou interdiction) avec le suffixe -지 et le verbe irrégulier 말다 selon les différents registres :

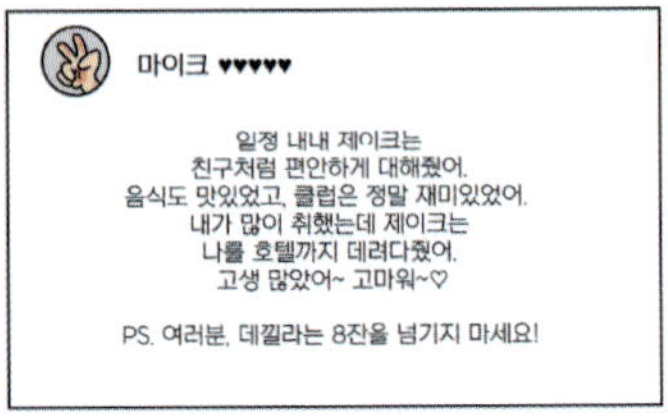

PS. 여러분, 데낄라는 8잔을 넘기지 마세요!

Registre familier

- 가다 → 가지 마! = Ne pars pas !
- 하다 → 하지 마! = Ne fais pas !

Registre poli

- 가다 → 가지 마요! = Ne partez pas !
- 하다 → 하지 마요! = Ne faites pas !

Registre soutenu

- 넘기다 → 넘기지 마세요! = Ne dépassez pas !
- 가다 → 가지 마세요! = Ne partez pas !
- 하다 → 하지 마세요! = Ne le faites pas !

NB : pour exprimer une suggestion négative, on peut utiliser la structure -지 말자 qui est l'opposé de -사 qu'on a vu dans le chapitre précédent.

그 식당 맛없어 보여. 가지 말자! = Ce restaurant n'a pas l'air bon... n'y allons pas !

시간이 없어, 놀지 말자! = On n'a pas le temps, ne jouons pas !

EXPRIMER UNE CAUSE

(으)니까

Afin d'exprimer une raison ou une explication qui justifie une action, nous pouvons utiliser le suffixe -니까/-으니까 derrière un verbe d'action ou un verbe d'état.

1) Lorsque la raison se situe dans le présent :

* Si le radical du verbe se termine par une voyelle, il faut ajouter la terminaison "니까" au radical :

• 첫 손님이니까 하자! = (Traduction littérale) Puisque c'est mon premier client, faisons-le !

* Si le radical du verbe se termine par une consonne différente de ㄹ et ㅂ, il faut ajouter la terminaison 으니까 au radical :

• 시간 있으니까 걷자 = Puisqu'on a du temps, marchons.

<u>Exception 1</u> : pour les verbes se terminant par ㅂ, il faut retirer la lettre ㅂ et ajouter 우니까 :

• 덥다 → 더 + 우니까 = 더우니까
• 귀엽다 → 귀여 + 우니까 = 귀여우니까

<u>Exception 2</u> : pour les verbes se terminant par ㄹ, il faut retirer la lettre ㄹ et ajouter 니까 :

• 살다 → 사 + 니까 = 사니까
• 울다 → 우 + 니까 = 우니까

2) Si la raison se situe dans le passé, il faut reprendre le verbe conjugué au passé du registre familier, lui retirer la terminaison 어 et lui ajouter 으니까 :

• 한국에 왔으니까 한국인 친구를 만들어 볼까? = Puisque je suis venu en Corée, et si je me faisais des amis coréens ?

3) Si la raison se situe dans le futur, on ajoute -ㄹ/을 거니까 au radical :

곧 여행을 갈 거니까 돈을 모아야 해. = Comme je pars bientôt en voyage, je dois économiser de l'argent.

때문에

Il est aussi fréquent d'employer 때문에 (à cause de) qui se place après un nom pour exprimer une cause.

너 때문에 = à cause de toi
일 때문에 = à cause du travail

Si on souhaite indiquer une cause dû à un événement ou une action impliquant un verbe, il faut utiliser la terminaison -기 qui permet de transformer un verbe en substantif :

먹+기 → 먹기 = le fait de manger
가+기 → 가기 = le fait d'aller

Il suffit ensuite de considérer cette nouvelle forme comme un nom et d'y ajouter 때문에

다음 주에 프랑스에 가기 때문에 못 만나겠어.
= On ne pourra pas se voir car je pars en France la semaine prochaine. (Littéralement : c'est à cause du fait que je parte en France qu'on ne pourra pas se voir)

– 잖아요

-잖아요 est une terminaison qui est très souvent employée par les Coréens, mais qui reste assez difficile à traduire. En l'utilisant, le locuteur exprime la raison de son affirmation en impliquant l'idée de "comme tu le sais déjà..."

저는 여행을 갈 수 없어요, 돈이 없잖아요! = Je ne peux pas partir en voyage, je n'ai pas d'argent (comme tu le sais déjà.)

길에 쓰레기 버리지 마. 더럽잖아! = Ne jette pas de déchets dans la rue. C'est sale ! (tu devrais le savoir !)

EXPRIMER UNE CONFIRMATION (-지(요))

Vous rencontrerez souvent dans le vouvoiement la terminaison -지요 qui peut être contractée en -죠 dans de nombreuses phrases prononcées à l'oral. Dans le registre familier, c'est -지 qui est utilisé. Cette structure permet d'exprimer plusieurs nuances différentes :

1) Utilisé à la fin d'une question, -지(요) permet de demander une confirmation de la part de notre interlocuteur sur un sujet que nous maîtrisons tous les deux. On pourrait le traduire par « n'est ce pas ? » ou « non ? ». Dans ce cas là, il faut monter l'intonation en fin de phrase lorsqu'il est prononcé...

태연이 예쁘지? = Taeyeon est jolie, n'est-ce pas ?
음식이 맛있죠? = Le plat est délicieux, non ?

2) Lorsque nous voulons donner une information à propos de quelque chose qui est évident. Cela implique l'idée de "bien sûr" dans la phrase.

아~베르나르 베르베르형! 잘 알지 ~ = Ah Bernard Werber ! (Bien sûr) Je le connais très bien !

3) Il arrive souvent d'utiliser -지(요) lorsqu'on se pose une question à soi-même.

남산타워에 어떻게 가지? = Comment on va à la Namsan tower (déjà) ?
내가 여기(에) 왜 왔지? = Pourquoi suis-je venu ici ?

NB : À l'oral, on utilise beaucoup 그쵸, qui est la contraction de 그렇지요 (그렇죠) pour acquiescer et montrer qu'on est d'accord avec notre locuteur.

한국 드라마가 제일 재미있어요. = Les *drama* coréens sont les plus intéressants.
그쵸! = Oui ! (Je suis d'accord !)

EXPRIMER UNE ACTION CAUSATIVE (-게 하다)

Afin d'exprimer une action causative provoquée par une personne sur quelqu'un d'autre (une personne A fait réaliser une action à une personne B), il faut ajouter au radical de l'action l'expression -게 하다 :

- 기다리다 (attendre) → 기다리게 하다 (faire attendre quelqu'un)
- 헷갈리다 (être confus) → 헷갈리게 하다 (rendre quelqu'un confus)

<u>Exceptions</u> : Il y a de nombreux verbes qui possèdent leur propre forme causative.

- 먹다 (manger) → 먹이다 (nourrir quelqu'un)
- 죽다 (mourir) → 죽이다 (tuer)
- 입다 (s'habiller) → 입히다 (habiller quelqu'un)
- 울다 (pleurer) → 울리다 (faire pleurer)
- 웃다 (rire) → 웃기다 (faire rire)
- 깨다 (se réveiller) → 깨우다 (réveiller quelqu'un)

EXPRIMER UNE OBLIGATION -야 되다 /-야 하다

Pour exprimer le fait de devoir accomplir une action, il faut conjuguer et ajouter l'expression -야 되다 :

- 이제 가야 돼! = On doit y aller maintenant !
- 얼마나 더 해야 돼요? = Combien je dois en faire de plus ?

Il se peut que vous rencontriez également l'expression -야 하다, pour exprimer un devoir. Elle reste, cependant, moins utilisée que -야 되다 à l'oral mais, reste plus formelle.

EXPRIMER UNE NUANCE -ㄴ/은/는데(요)

En coréen, cette structure est souvent utilisée pour ajouter une nuance à la première proposition. Toutefois, il y a de nombreux cas dans lesquels ce suffixe peut être utilisé juste pour rendre le discours plus naturel.

APRÈS UN VERBE D'ACTION

Lorsque la nuance est placée après un verbe d'action, il faut ajouter 는데 :

- 가다 → 가는데
- 먹다 → 먹는데

APRÈS UN VERBE D'ÉTAT (ADJECTIF)

Lorsque la nuance est placée après un verbe d'état, il faut ajouter -ㄴ데 si le radical se termine par une voyelle et 은데 s'il se termine par une consonne.

- 크다 → 큰데
- 작다 → 작은데

Exception 1 : pour les verbes se terminant par ㅂ, il faut retirer la lettre ㅂ et ajouter 운데 :

- 덥다 → 더 + 운데 = 더운데

Exception 2 : pour les verbes se terminant par ㄹ, il faut retirer la lettre ㄹ et ajouter 는데 :

• 살다 → 사 + 는데 = 사는데

Si -ㄴ/은/는데 se trouve au milieu d'une phrase.

1) Cela peut vouloir exprimer un contraste ou une opposition qu'on traduirait par la conjonction "mais" :

• 친구를 만나고 싶었던 것뿐인데 아저씨에 사이비라니~ = Je voulais juste rencontrer des amis mais je suis tombé sur un membre d'une secte...

2) On peut vouloir exprimer une conséquence ou introduire une conclusion

qu'on traduirait par la conjonction "donc" :

• 나는 오빠가 만들어준 거 먹고 싶은데 오빠집에 가도 돼? = (Littéralement) Je veux manger un plat que tu me prépareras, est-ce qu'on pourrait (donc) aller chez toi ?
• 내일 한글날인데 같이 밥 먹을래요? = Demain, c'est le Jour du Hangeul, (donc) ça te dirait d'aller manger un morceau ?

Si -ㄴ/은/는데 se trouve en fin de phrase.

1) Cela peut vouloir exprimer une surprise ou un étonnement :

• 잘 피하는데! = Mais t'esquives bien dis donc !

2) On peut vouloir demander une explication de manière implicite :

• 다른 사람들은 다 정상 출근 했는데... = Pourtant les autres personnes sont bien arrivés au travail... (Pourquoi pas toi ?)

LE DISCOURS INDIRECT

Le discours indirect consiste à citer ou rapporter les paroles de quelqu'un (ainsi que les vôtres).
Plusieurs cas se présentent selon que le discours cité est une affirmation, une question, une suggestion ou un ordre. Nous nous limiterons seulement à des discours au présent pour une meilleure compréhension.

- Si le discours rapporte une affirmation :

Avant de voir la suite, remémorez-vous la façon de conjuguer un verbe dans le forme neutre :

Verbes	Type de verbe	Présent
가다 (aller)	Verbe d'action	간다
먹다 (manger)	Verbe d'action	먹는다
크다 (être grand)	Verbe d'état	크다
작다 (être petit)	Verbe d'état	작다

C'est dans ce registre là qu'il va falloir mettre le discours à rapporter.

Par exemple :

미나 dit : 저는 내일 프랑스에 가요.

Cette phrase dans la forme neutre donnera :

내일 프랑스에 간다.

On construit ensuite le discours rapporté de cette manière :

La personne à citer + particule de sujet ou de thème + le discours dans la forme neutre + -고 했다

On obtient donc :

미나가 내일 프랑스에 간다고 했어요. = Mina a dit qu'elle allait en France demain.

Autres exemples :

나 : 케이크를 안 먹어요. = Je ne mange pas de gâteau.

→ (케이크를 안 먹는다)

→ 나는 케이크를 안 먹는다고 했어요. = J'ai dit que je ne mangeais pas de gâteau.

나민 : 아드린이 예뻐요. = Adeline est jolie.

→ (아드린이 예쁘다)

→ 나민이는 아드린이 예쁘다고 했어. = Namin a dit qu'Adeline était jolie.

NB : Le suffixe 이 (différent de la particule sujet 이) est ajouté aux prénoms coréens qui se terminent par une consonne lorsque l'on désigne une personne de façon familière.

• Si le discours à rapporter est une question, il faut utiliser cette structure :

La personne à citer + particule de sujet ou de thème + la question (en gardant le radical du verbe) + -냐고 물어 봤다 (combinaison du verbe 물다 demander et 보다 voir)

제이크 : 우리 언제 밥을 먹어요? = Quand est-ce qu'on mange ?

→ (언제 밥을 먹-)

→ 제이크가 언제 밥을 먹냐고 물어 봤어요. = Jake a demandé quand est-ce qu'on mangeait ?

나민 : 한국어를 할 수 있습니까? = Est-ce vous pouvez parler coréen ?

→ (한국어를 할수있-)

→ 나민이가 저에게 한국어를 할 수 있냐고 물어 봤어요. = Namin m'a demandé si je pouvais parler coréen.

NB : 저에게(envers moi) est ajouté afin d'indiquer à qui la question a été posée.

• Si le discours à rapporter est une suggestion (avec -자), il faut utiliser cette structure :

La personne à citer + particule de sujet ou de thème + la suggestion + -고 했다

제이크 : 클럽에 가자! = Allons en boite de nuit !

→ (클럽에 가자)

→ 제이크가 클럽에 가자고 했어요. = Jake a suggéré d'aller en boîte de nuit.

나민 : 술 마시자! = Allons boire un coup !

→ (술 마시자)

→ 나민이가 술 마시자고 했어요. = Namin a suggéré de boire un coup.

• Si le discours à rapporter est un ordre, il faut utiliser cette structure :

La personne à citer + particule de sujet ou de thème + l'ordre (en gardant le radical du verbe) + (으)라고 했다

• Si le radical se termine par une voyelle, il faut ajouter -라고 했다.

사장님 : 집에 가세요! = Rentrez chez vous !

→ 집에 가-

→ 사장님이 우리에게 집에 가라고 했어요. = Le manager nous a ordonné de rentrer à la maison.

• Si le radical se termine par une consonne, il faut ajouter -으라고 했다.

엄마 : 밥 천천히 먹어! = Mange lentement !

밥 천천히 먹-

→ 엄마가 밥 천천히 먹으라고 했어요. = Maman a ordonné de manger lentement.

On va utiliser une structure similaire pour demander à quelqu'un ce qu'il a dit. Cette forme est d'ailleurs très utilisée et vous l'avez sûrement déjà entendue dans un *drama* coréen.

뭐라고 했어요? = Qu'est-ce que tu as dit ?
Qui peut-être également contracté en 뭐라고? de façon familière et 뭐라고요? pour être plus poli.

Si l'on veut demander ce que quelqu'un d'autre a dit :
아드린이 뭐라고 했어요? = Qu'est-ce qu'Adeline a dit ?

NB1 : Pour rapporter les paroles de quelqu'un, nous avons vu que c'était le verbe 하다 qui était utilisé, alors que pour citer une question, on utilisait 물어보다. Il existe de nombreuses autres façons pour citer un discours en utilisant ces verbes :

- 말하다 (dire, parler)
- 생각하다 (penser)
- 듣다 (entendre)
- 요청하다 (faire une demande)
- 부탁하다 (demander un service)
- 외치다 (dire en criant)
- 속삭이다 (chuchoter)
- 쓰다 (écrire)

NB2 : Comme vous avez pu le remarquer, à l'oral, les Coréens aiment beaucoup raccourcir leurs phrases pour aller plus vite.

1) Pour citer une affirmation :

On peut remplacer -다고 했어(요) par -대(요).
나민이는 아드린이 예쁘다고 했어요. → 나민이는 아드린이 예쁘대요.

2) Pour citer une question :

On peut remplacer -냐고 물어 봤어(요) par -내(요).
제이크가 언제 밥을 먹냐고 물어 봤어요. → 제이크가 언제 밥을 먹내요.

3) Pour citer une proposition :

On peut remplacer -자고 했어(요) par -재(요).
나민이가 술 마시자고 했어요. → 나민이가 술 마시재요.

4) Pour citer un ordre :

• Si le radical se termine par une voyelle, on peut remplacer -라고 했어(요) par 래(요)

사장님이 우리에게 집에 가라고 했어요. → 사장님이 우리에게 집에 가래요.

• Si le radical se termine par une consonne, on peut remplacer -으라고 했어(요) par 으래(요)

엄마가 밥 천천히 먹으라고 했어요. → 엄마가 밥 천천히 먹으래요.

QUELQUES EXPRESSIONS D'ARGOT

Dans cette partie, vous retrouverez une liste d'expressions d'argot qui ont été utilisées dans la BD.

미친놈 (UN CINGLÉ/FOU)

Attention, cette expression est très familière et même insultante. Il ne faut absolument pas l'utiliser , surtout en s'adressant à quelqu'un ! 미친 vient du verbe descriptif 미치다 (être fou) et 놈 est une façon familière pour dire un "gars" ou parfois de manière insultante un (sale) type. Et pour ne pas vous laisser de côté les filles, la version féminine de ce mot très insultant est 년.

물좋은 (DU BEAU MONDE)

L'expression 물좋은 signifie littéralement " l'eau est (de) bonne (qualité) " et s'appliquait originellement aux poissons qui paraissaient frais, mais dans ce contexte, les Coréens l'utilisent pour dire qu'un endroit est rempli de belles personnes.

어쩌지 (MINCE)

Il s'agit d'une interjection utilisée lorsqu'on se trouve dans une situation inattendue et qu'on ne sait pas trop comment s'en sortir.

Avez-vous remarqué que les prénoms de ces deux personnages n'ont pas été choisis au hasard ? 명상 signifie "méditation" et 여우 signifie "renard". 🙂

아싸 (YOUPI !)

C'est une interjection pour exprimer la joie ou l'amusement.

어쩌고 저쩌고 (BLA BLA)

Littéralement, cette expression signifie "et ceci et cela". On l'utilise pour exprimer un bavardage.

어머 (MON DIEU !)

Interjection évoquant un cri de surprise dû à un évènement inattendu ou pour montrer une certaine admiration. D'utilisation plutôt féminine.

십팔/씨발 (18/PUTAIN OU SALOP.E)

Ici, il s'agit d'un jeu de mots. La supérette originale se nomme en fait GS25, mais nous avons utilisé expressément le nombre 18 (십팔) qui a une prononciation assez proche de l'injure 씨발 qui correspondrait à une version beaucoup plus vulgaire de notre "putain". Ne l'utilisez surtout pas devant des Coréens car ça pourrait être très mal vu.

Si jamais vous recevez un texto de la part d'un Coréen avec le nombre 18, vous en connaîtrez la signification désormais. 😉

대박 (WOW / INCROYABLE / MINCE)

Cette exclamation est souvent utilisée par les Coréens pour exprimer un choc. Quoique très courante, elle est cependant peu raffinée.

- 로또 당첨됐어! = J'ai gagné au loto !
대박! 진짜? = Incroyable ! Vraiment ?

빛의 속도로 (À LA VITESSE DE LA LUMIÈRE)

On peut utiliser l'expression 빛의 속도로 pour tout simplement exprimer l'idée de rapidité comme en français.

사람 맞아 ? (ÊTRE VRAIMENT HUMAIN ?)

Le verbe 맞다 signifie "être correct" et 사람, "une personne". Dans ce contexte, cela signifie "être vraiment humain ?". Cette expression peut aussi être utilisée dans des cas où on souhaite exprimer un dégoût envers quelqu'un qui a commis un crime par exemple.

- 그 사람(이) 여자 친구(를) 때렸어! 사람 맞아? = Cet homme a battu sa petite amie ! Est-ce qu'il est humain ?

깝치다 (FAIRE LE MALIN)

Dans une situation où quelqu'un serait trop arrogant et trop sûr de lui, un proche lui dirait :

- 깝치지 마! = Ne fais pas le malin !

LES ONOMATOPÉES (의태어/의성어)

À travers la BD, dispersés, vous avez pu remarquer des mots écrits en gras sur les dessins. Ils correspondent à des onomatopées comme celles qu'on peut trouver dans les BD en français ou en anglais.

휙 : bruit du vent qui souffle soudainement
후 : souffle qui sort de la bouche
으이차 : bruit qu'on fait lorsqu'on pousse
슉 : bruit d'un rapide déplacement

지잉 : bruit du vibreur

둠칫 둠칫 : bruit du battement de la musique dans la boîte de nuit
꺄아 : cris des personnes qui s'amusent dans le club

찌릿 : son du grésillement de l'électricité

딩동 : son produit par une sonnette

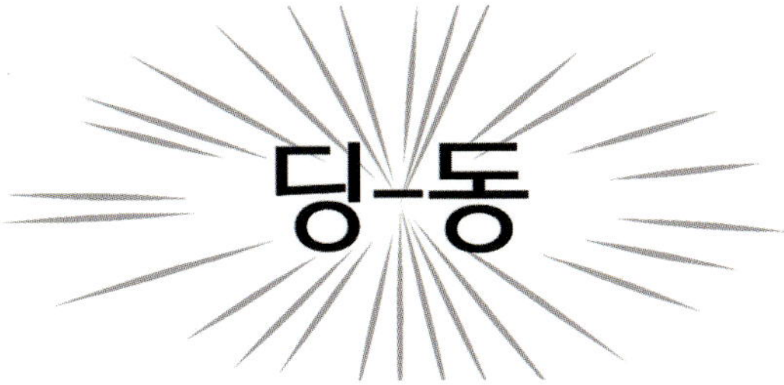

콸콸 : bruit émis lorsqu'un grand volume de liquide s'écoule
촤악 : bruit de petits objets qui se répandent
탁탁 : bruit d'un objet qui tape sur une surface

뚜르르 : bruit émis par un objet qui roule

까똑 : sonnerie Kakaotalk qui est l'application de communication la plus utilisée en Corée du Sud

ㅋㅋㅋ : utilisé souvent par texto, il signifie que la personne est en train de rire (kkkkk)

띵 : bruit d'une sonnerie ou d'une cloche qui retentit (ding)

딸꾹 : bruit du hoquet ("hic" en français)

엉엉 : son émis par quelqu'un qui pleure

으앙 : cri, son aigu accompagnant des pleurs bruyants ("ouin" en français)
다다 : bruit des pieds martelant le sol

어쭈 : oh ! cri d'étonnement

드르렁 : bruit du ronflement ("zzzz" ou "rrrrr" en français)

슈웅 : bruit de la voiture qui roule ("vroum" en français)

탁 : son émis par le relâchement ou la rupture d'un objet

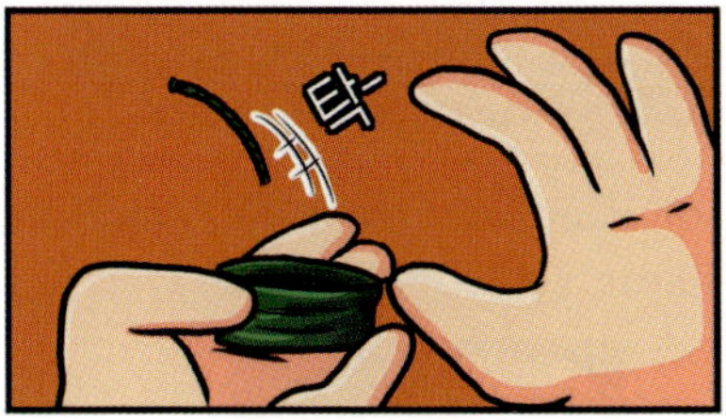

캬 : bruit que font les Coréens avec leur gorge après avoir bu un verre d'alcool

꿀꺽 : bruit de la déglutition

우웩 : bruit du vomissement

똑똑 : "toc toc" en français

띠링 : bruit de sonnerie

슥삭 : bruit du frottement ("gratte" en français)

두근 : bruit du battement de cœur

톡 : son d'un petit objet qui bondit ou qui éclate ("plic" en français)

LEXIQUE CORÉEN-FRANÇAIS

Vous retrouvez dans ce lexique tous les mots qui sont apparus dans la bande dessinée. Les chiffres, les noms propres et les onomatopées ne figurent pas dans cette liste. Les mots sont classés dans l'ordre alphabétique coréen (ㄱ, ㄴ, ㄷ...). Les mots en bleu correspondent à des points de grammaire.

-가	particule sujet
가까워지다	se rapprocher
가깝다	être proche
가다	aller
가수	chanteur
가이드	guide
가장	le plus
가족	famille
가지고 가다	emmener, porter
(옷을)갈아입다	changer d'habits
감사하다	remercier
감자	pomme de terre
갑자기	soudainement
값	prix
(와/과) 같다	ressembler à, être semblable à
(과/와) 같이	ensemble
-개	classificateur d'objet / chien
개발하다	développer
-거(oral)/것	la chose, le fait. Auxiliaire, derrière des participes. Contraction de 것이 : 게
-거든	suffixe exprimant la cause, l'exclamation, l'hypothèse (si)
거리	distance
거의	presque
거짓	mensonge, tromperie
걱정하다	s'inquiéter
건배!	santé !
걷다	marcher
걸리다	être pris / prendre (du temps)
겁나다	avoir peur/redouter
-것	chose
게이	gay
게임	jeu
결국	au final, finalement
결심	décision
결제	paiement, règlement
결제하다	payer
경기	conjoncture économique
경력	carrière
경우	cas
경험	expérience
계속하다	continuer
계획	plan
-고	et (après un verbe)
-고 싶다	vouloir
고객	client
고르다	choisir
고맙다	remercier
고생	peine, effort
고양이	chat
곧바로	directement
공부하다	étudier
공주	princesse
-과/와 (함께)	et / avec

과일	fruit
과장	manager
관리하다	contrôler
관심	intérêt
-광	fanatique de
광고	publicité
괜찮다	ne pas poser de problème
괜히	pour rien, inutilement
교환하다	échanger
구독자	abonné
구독하다	s'abonner
국적	nationalité
귀엽다	être mignon
그	ce, cet, cette
그가/그는	cet homme, il
그것	cela
그냥	comme ça
그녀	cette femme, elle
그때	ce moment-là
그라탕	gratin
그래(요)	oui, c'est ça
그래서	donc
그러면	ainsi, alors
그런데	mais
그럼 (= 그러면, oral)	bien sûr, certainement / ainsi, alors
그렇게	ainsi
그렇다	être tel
그렇다니까	voilà ! / t'as vu ! / je te l'avais dit !
그리고	et
그리다	dessiner
그립다	manquer
그쪽	là-bas
근교	banlieue
근처에	à côté, aux alentours

기다리다	attendre
기대되다	avoir hâte
-기로 하다	prévoir, décider de
기사	chauffeur, conducteur, technicien, ingénieur
기술	technologie
기어가다	ramper
기억	souvenir
기회	opportunité
긴장되다	être nerveux
-까지	jusqu'à
깔다	installer
깝치다	faire le malin
꺼내다	sortir (qqch de)
꼬시다	draguer
꼭	sûrement, absolument
끊다	couper, interrompre
끝	fin
끝나다	finir
나 (내가)	moi, je
나가다/나오다	sortir
나의/내	mon, ma
나이	âge
나타나다	apparaître
날	jour, journée
남기다	laisser
남자	homme
남자친구	copain, petit ami
낮다	être bas
내내	toujours, en continu
(돈을) 내다	payer, régler
내다	publier, faire paraître
내밀다	avancer
내일	demain
냄새	odeur
너	tu
너무	trop

너무나	vraiment trop
넘기다	dépasser
네	oui
네/너의	ton, ta
네일아트하다	se faire les ongles
-년	année (classificateur)
노래	chanson
놀다	jouer, s'amuser
놈	type, mec
높다	être haut, élevé
놓다	poser / verbe auxiliaire soulignant que l'état évoqué persiste
놓치다	rater
누구?	qui ?
눈	yeux
눈부시다	être éblouissant, aveuglant
눈치	intuition, perspicacité
느끼다	sentir, éprouver
느낌	sentiment
-는	particule de thème
늦다	être (en re)tard
늦잠	grasse matinée
-님	suffixe de respect attaché à un nom ou au titre d'une personne
다	tout, toute, tous, toutes
다녀오다	rentrer, revenir
다니다	se rendre quelque part
다르다	être différent
다시	encore
다시는 + négation	plus jamais
다음(에)	prochain / après (succession)
다정하다	être affectueux
다행이다!	quel soulagement ! quelle chance !, heureusement !
단계	étape
단점	désavantage, défaut
닫다	fermer
달	mois / lune
달라지다	être changé, transformé
달래다	soulager, apaiser
달러	dollar
달하다	se chiffrer à
닮다	ressembler à
담당자	responsable
답/답장	réponse
답답하다	frustrant, stressant
당신	vous / chéri, chérie
당연하다	être normal
당일	ce jour-là, le jour même
당하다	vivre une expérience négative
대결하다	rivaliser, disputer
대박!	incroyable !
대신에	au lieu de
대표	président (PDG)
대해주다	bien agir envers quelqu'un
대화	conversation
더	plus
더욱	davantage
-덕분에	grâce à
데낄라	tequila
데려다 주다	déposer quelqu'un
데리고 가다	emmener
데리고 오다	amener
데리다	amener, emmener / accompagner, conduire
데이트	rendez-vous galant

-도	aussi / même si (après forme verbale)
도전	défi
도착하다	arriver
돈	argent
돌아가다	retourner
돌아오다	revenir
돕다	aider
동료	collègue
(남/여)동생	petit frère, petite sœur
동성애자	homosexuel
동시에	en même temps
동안	pendant
돼지	cochon, porc
되다	devenir
뒤(에)	derrière / après
뒷일	suite de l'affaire
드디어	enfin, finalement
드시다	manger / boire (honorifique)
듣다	entendre
-들	marqueur du pluriel
들다	entrer, pénétrer
들리다	être entendu
들어가다	entrer
듬뿍	abondant
-듯이	comme
등	dos
디저트	dessert
따라하다	suivre / imiter
따로	séparément
때문(에)	à cause de
떠나다	partir
떠들다	papoter, bavarder
떠오르다	(re)venir à l'esprit
떨리다	trembler
또	encore
또한	également, par ailleurs
똑같다	être identique
뛰다	courir
-랑 (같이)	et, avec
(으)ㄹ래요	vouloir, avoir l'intention de
-려고 하다	prévoir
-로	avec (moyen)
-로	vers, en direction
-를	particule d'objet
마다	chaque, tous les
마시다	boire
마음	cœur (au sens figuré)
마음에 들다	plaire
마지막	dernier
마치	comme
마침내	finalement
막히다	être bouché
-만	seulement
만나다	rencontrer, rejoindre
만들다	préparer, faire
많다	être nombreux
많이	beaucoup
말다	ne pas, arrêter de
말하다	parler
맑다	être pur, clair
맙소사!	oh mon dieu !
맛	saveur
맛있다	être bon, délicieux
망하다	échouer, être ruiné, "foirer"
맞다	être vrai, correct
맞추다	ajuster
매일	tous les jours
맥주	bière

맥줏집	bar (à bière)
머리카락	cheveux (le poil)
먹다	manger
멀다	être loin
멋대로	à sa guise
멍청이	idiot
며칠	quelques jours
-면	si
-명	classificateur de personne
명상	méditation
명심하다	garder à l'esprit
명함	carte de visite
몇	quelques / combien
모두	tout
모든	tout, toute, tous, toutes
모르다	ne pas savoir, ignorer
모임	réunion
모험적	aventureux
목	cou, gorge
목록	liste
목마르다	avoir soif
목표(물)	cible
몸	corps
몸매	silhouette, ligne (corps)
못	préfixe de l'incapacité
무렵	vers, aux alentours / quand
무릎	genou
무섭다	être effrayant, avoir peur
무슨?	quel ?
무시하다	ignorer
무엇?/뭐?	quoi ?
무척	beaucoup, très
문	porte
문득	tout à coup
문자	texto
문제	problème
문화	culture
묻다	demander
물	eau
물고기	poisson
물론	bien sûr
뭔가/무언가	quelque chose
미래	avenir
미안하다	être désolé
미치다	être fou
미터	mètre
믿다	faire confiance à, croire
밑에	sous, en dessous
바나나	banane
바로	directement
바르다	appliquer
바보	imbécile
-밖에	hors de, ne... que (+ verbe négatif) / dehors
반갑다	être enchanté
반창고	pansement
반하다	être charmé
받다	recevoir, prendre
발견	découverte
발표하다	faire une présentation, annoncer
밤	nuit
밥	riz / repas
방금(전에)	il y a un instant
배	ventre
배부르다	avoir l'estomac plein, ne plus avoir faim, être rassasié
배터리	batterie

밴드	pansement / bande, groupe
버스	bus
-번	fois
-번째	-ième
번호	numéro
(돈을) 벌다	gagner (de l'argent)
벌써	déjà
(옷을) 벗다	enlever (des vêtements)
변화	changement
별로	pas très, pas vraiment
병	bouteille
보내다	envoyer / passer (du temps)
-보다	essayer de (après un verbe)
보다	voir / par rapport à
보드카	vodka
보모	nourrice, babysitter
보이다	être vu / se voir
보통	en général
뵙다	voir / rencontrer (honorifique)
(노래를) 부르다	chanter (une chanson)
부사장님	vice-président
부서	département, direction (d'une entreprise)
부자	riche
-부터	dès, depuis
분	minute
분	personne (honorifique)
분명하다	être sûr
분명히	clairement, certainement

불안하다	être angoissé, mal à l'aise
붙이다	coller
비	pluie
비다	être vide
비싸다	être cher
비행기	avion
빗소리	bruit de la pluie
빙구	idiot
빛	lumière, rayon du soleil
빠르다	être rapide
(-에) 빠지다	tomber (dans), être captivé (par)
빨리	vite, rapidement
뽀뽀	bisou
-뿐	seulement
사고	accident
사과	pomme
사귀다	sortir avec quelqu'un, fréquenter
사다	acheter
사라지다	disparaître
사람	une personne
사랑하다	aimer
사실	vérité, fait / adv. : en fait
사업	projet / entreprise, affaire
사이비	faux, pseudo - par extension, membre d'une pseudo-religion, d'une secte
사이트	site
사장	patron
-살	an (âge)
살다	vivre
삶	vie

삼겹살	poitrine de porc
상대	partenaire, compagnon, compagne
상황	situation
새롭다	être nouveau
생각	pensée
생기다	se créer, apparaître, arriver
생년	année de naissance
생애	vie, existence
생일	anniversaire
서로	mutuellement
서울	Séoul
선물	cadeau
설마!	je rêve ! (interjection)
섭렵하다	étudier à fond
성격	personnalité
성스럽다	être sacré, divin
-세	an, âge (honorifique)
세계	monde
세다	être fort
세례식	cérémonie de baptême
세면대	lavabo
센터	centre
소개	présentation
소개팅	rencontre arrangée
소금	sel
소문	rumeur
소원	vœu
소주	soju
속(에)	dans
속도	vitesse
속삭이다	murmurer
손	main
손님	client
수고하다	se donner de la peine
수박	pastèque
수습사원	apprenti, stagiaire
수입	revenu
숙녀	Madame, Mesdames (pour ouvrir un discours formel "Mesdames et Messieurs...")
숙취	gueule de bois
순서	ordre
순수하다	être pur
-순으로	dans l'ordre
순진	naïveté
순진하다	être naïf
술	alcool
술자리	soirée arrosée
술집	bar
쉽다	être facile
스쿼트	squat
스타일	style
-시	particule classificatrice de l'heure
시각	moment, instant
시간	heure (substantif)
시작	commencement, début
(음식을) 시키다	commander (un plat)
시키다	faire faire quelque chose à quelqu'un
식당	restaurant
식사	repas
신나다	être excitant
신사	Monsieur, Messieurs (Pour ouvrir un discours formel "Mesdames et Messieurs...")
신청서	formulaire d'inscription
실력	compétence
실제로	réellement
실패	échec

실행	réalisation
싫다	détester (être détestable)
심장	(l'organe du) cœur
싱가폴	Singapour
싸우다	se disputer, se battre
싸움	bagarre, conflit, dispute
쌓이다	accumuler
쓰다	écrire
쓰러지다	s'écrouler
아니다	non (négation d'un fait), (littéralement : ne pas être)
아니면	ou (sinon)
아들	fils
아름답다	être beau, belle
아쉽다	être regrettable
아싸!	youpi !
아저씨	monsieur (homme d'âge mûr)
아침	matin
아프다	être malade, souffrir, avoir mal
악수	poignée de main
안	particule de négation (ne... pas)
안(에)	dans
안녕하세요?	bonjour
안다	faire un câlin
앉다	s'asseoir
않다	verbe auxiliaire utilisé pour nier l'action du propos précédent
알다	savoir
알람	alarme
앞(에)	devant

앞으로	en avant / à l'avenir
앱/어플	application
야!	hey !
약	médicament
약속	promesse, rendez-vous
얘(= 이 아이)	cet(te) enfant, ce garçon, cette fille
얘기/이야기	conversation / histoire
어느?	lequel ?
어디?	où ?
어떤?	quel ?
어떻게 하지?	que faire ?
어떻게?	comment ?
어리다	être jeune
어머!	mon dieu !
어머니(님)	mère (honorifique)
어장	pêcherie
어장관리	élevage de poissons
어제	hier
어쩌고 저쩌고	en disant ceci et cela
어쩌지!	mince !
언제?	quand ?
언제나	toujours
얻다	obtenir
얼굴	visage
얼마?	combien ? (prix)
얼마나/얼만큼?	combien ? (quantité)
엄마	maman
업계	industrie
업무적	professionnel
없다	ne pas exister / avoir, être absent
–에 대하다	sur, à propos de
–에/–에서	dans, à (particules de lieu)
–에게	envers quelqu'un, à
여기	ici

여기요	tenez, voici
여러분	mesdames et messieurs
여보	chéri(e) (interjection)
여자	femme
여자친구	copine, petite amie
여전히	comme d'habitude
여행	voyage
연도	année (substantif)
연락	contact
연락처	coordonnées
연애	relation amoureuse
연예인	célébrité
열다	ouvrir
열심히	avec passion
영롱하다	être clair
영혼	âme
옆(에)	à côté
예쁘다	être joli(e)
오늘	aujourd'hui
오다	venir
오랫동안	pendant longtemps
오빠	grand frère (pour une femme)
오후	après-midi
옷	vêtement
-와/과(함께)	avec
와인	vin
완료	fin, achèvement
완벽하다	être parfait
완전	perfection
완전하다	être parfait, complet
완전히	complètement
왕족	famille royale
왜?	pourquoi ?
외국인	étranger
외로움	solitude
외롭다	être seul, se sentir seul
요다	Yoda
요리	cuisine
요즘	ces jours-ci
우리	nous
우산	parapluie
우와!	Ouah ! (exclamation)
우유	lait
운명	destin, destinée
운영하다	gérer, administrer
울다	pleurer
웃다	rire
원	won (monnaie coréenne)
원수	ennemi
원하다	souhaiter
-월	mois (classificateur)
유머	humour
유명하다	être connu, célèbre
-은	particule de thème
-을	particule d'objet
-을/ㄹ 때	au moment où, quand
-을/를 위해	pour
음...	hum...
음식	nourriture
응	oui (acquiescement familier)
-의	de (appartenance)
의상	habits
의심	doute
-이	particule sujet
이+ nom	ce, cet, cette
이거	celui-là
-이나	pas moins de / ou
이다	être
이들	ceux-là
이따가	plus tard
-이랑 (같이)	avec
이러다/이렇다	être comme cela, ainsi

이루어지다	se réaliser
이름	prénom
이리	par ici
이리하다	être comme ceci, se comporter de cette façon
이만...	sur ce...
이모	tante maternelle / pour interpeller une serveuse d'âge mûr d'un restaurant
이미	déjà
이번	cette fois
이상	égal ou plus
이상!	c'est tout !
이상하다	être bizarre, étrange
이성	sexe opposé
이성애자	hétérosexuel
이야기하다	discuter, raconter
이유	raison
이제	à présent
이해하다	comprendre
이후	après
-인	personne (classificateur)
인사	salutation
인상적	impressionnant, remarquable
인생	vie
(-로)인해	à cause de
일	travail / affaire / chose
-일	jour (classificateur)
일부러	exprès
일어나다	se lever
일정	programme
일찍	tôt
읽다	lire
입다	porter, s'habiller
있다	exister / avoir, être présent
잊다/잊어버리다	oublier
자!	allez !
자기	soi-même / personne dont on parle
자기(야)	chéri(e) (interjection)
자꾸만	souvent, de maniére répétée, encore et encore
자다	dormir
자리	siège
자상하다	être gentil
자신	soi-même
자연스럽게	naturellement
자유	liberté
자주	souvent
작업	travail
잔	verre
잘	bien
잘 했어!	bien joué !
잘못	faute
잘생기다	être beau (pour un homme)
잠깐	un instant, attends
잡다	prendre
장담	garantie
장점	avantage, point fort
재미없다	être inintéressant, ennuyeux
재미있다/재밌다	être intéressant, amusant
저/제가	je (forme humble)
저녁	soir
저의/제	mon, ma, mes (forme humble)

적당히	avec modération, assez, convenablement
전 세계	le monde entier
전에	avant
전통	tradition
전화	téléphone, appel
전화하다	téléphoner
절	révérence, prière, temple bouddhique
절대	absolument (pas)
절친	meilleur ami
점심	déjeuner
점점	petit à petit
접수	réception, inscription, enregistrement
정도	mesure, degré, limite
정말	vraiment
정상	normal
정신 차리다	reprendre ses esprits
제	mon, ma, mes (forme humble)
제발	s'il vous plaît, je vous en prie
제일	le plus, le premier, le meilleur
조금	un peu
조랑말	poney
조용하다	être silencieux
존재	existence
좀	un peu / s'il vous plaît
좋다	être bon / bien
좋아하다	aimer
죄송하다	être navré, désolé
-주	semaine (classificateur)
주다	donner
주말	week-end
주문	commande
주변(에)	(aux) alentours (de)
죽다	mourir
준비	préparatif
준비하다	préparer
중(에)	au milieu de
중얼거리다	marmonner
즐겁다	être heureux
즐기다	se réjouir de quelque chose, s'amuser à
지갑	portefeuille
지금	maintenant
지나다	passer (du temps)
지나치다	dépasser
지내다	passer (du temps)
지다	perdre
-지만	bien que, mais
지우다	effacer
직급	hiérarchie
직업	métier
진정하다	être vrai, authentique
진짜	vraiment
진행되다	suivre son cours, avancer
질문	question
집	maison
집중하다	se concentrer
짠!	santé ! (en trinquant)
짠돌이	radin
짧다	être court
쪽	direction
쫓겨나다	se faire chasser de
차	voiture
차(ex. 1차,2차)	round, tour (classificateur)
차단	blocage
차례	ordre, tour

착하다	être sympa, gentil
찬란하다	être brillant
참다	supporter
찾다	chercher
책임	responsabilité
책임지다	être responsable
처럼	comme
처음	premier
천사	ange
천천히	lentement
첫	premier
초	seconde
최고	le meilleur, le mieux
최선	le maximum, le plus
최악	le pire
추가	ajout
추다	danser
축하주	un verre de célébration
출근하다	aller au travail
출발	départ
춤	danse
춥다	avoir froid, être froid
취미	loisirs
취하다	être saoul
친구	ami
친절하다	être gentil
(-와) 친하다	être proche (de qqn)
침체	stagnation
카드	carte
클럽	boîte de nuit
키스	baiser
타다	prendre (transport)
탈출하다	s'échapper, s'enfuir
태국	Thaïlande
태국어	le thaï
태우다	(faire) brûler
택시	taxi

토요일	samedi
토하다	vomir
통	classificateur pour un appel téléphonique
통하다	s'entendre
통해	à travers, par
통화	conversation tél.
통화하다	téléphoner
투자하다	investir
특허	brevet
파티	fête
패러다임	paradigme
편안하다	être confortable
편의점	supérette 24h / 24
편이다	avoir tendance à
평생	toute la vie
평화	paix
포도	raisin
포장마차 (=포차)	*pojangmacha*
표	billet
풀다	défaire, résoudre
프랑스	France
프랑스어	la langue française
프로젝트	projet
피하다	éviter
필수	obligatoire, essentiel
필수적	obligatoire, nécessaire
하늘	ciel
하다	faire
더라도/하더라도	même si
하루	un jour
학생	étudiant
한	un, une
한국	Corée
한국식	à la manière coréenne

한국어	la langue coréenne
한글날	le jour du *hangeul*
한복	*hanbok*
한옥	*hanok*
한지	*hanji* (papier coréen)
한참	longtemps, un bon moment
-한테	envers, à (quelqu'un)
할머니	grand-mère
함께	ensemble
합격	succès a un examen
핫하다	être tendance
해	an, année
해내다	achever, accomplir
해보다	essayer, tenter
핸드폰	téléphone portable
행동	comportement, action
향수	parfum
허리	taille, hanche
헉!	bruit de suffocation
헌팅	*hunting*, drague, recrutement
헤어	cheveux (chevelure)
헤어지다	se séparer
햇갈리다 (헛갈리다)	être confus, désorienté, bouleversé
현재	présent
혈액형	groupe sanguin
형	grand frère (pour un homme)
호구	pigeon (sens figuré)
호텔	hôtel
혹시	par hasard
홀연히	tout à coup
화나다	se fâcher
화내다	se fâcher (contre quelqu'un)
화이팅!/ 파이팅!	*fighting* !
화장실	toilettes
확실하다	être sûr
확인	confirmation
환영하다	souhaiter la bienvenue
회식	repas d'entreprise
회의	meeting
회의실	salle de réunion
효과적	efficace
후(에)	après (temps)
후기	commentaire, évaluation, avis
후회	regret
훌륭하다	excellent, brillant
흥미롭다	être intéressant
힘들다	être difficile

CRÉDITS PHOTOGRAPHIQUES

P. 150 : Source : https://unsplash.com/photos/SahEnZR5Ni8

P. 150 : Des enfants portant le *hanbok* pour célébrer leur premier anniversaire, © Jake

P. 150 : Un couple de jeunes mariés lors d'une cérémonie traditionnelle après le mariage, © Jake

P. 151 : © Jake

P. 151 : Une paire de *boseon*
Source : https://krdict.korean.go.kr/eng/dicSearch/viewImageConfirm?nation=eng&searchKindValue=image&ParaWordNo=58315&ParaSenseSeq=1&multiMediaSeq=1

P. 151 : © Namin

P 152, 153, 154 : © Bank of Korea
Source : http://www.bok.or.kr/eng/main/contents.do?menuNo=400112

P. 155 : Statue du roi Sejong le Grand à Gwanghuamun
Source : https://unsplash.com/photos/6Jyt-DkYv584

P. 155 : Statue de Yi Sun Shin à Gwanghuamun
Source : https://unsplash.com/photos/Ktxql-22DyMk

P. 158 : 파이팅! Source : https://www.flickr.com/photos/lge/4604814393

P. 161 : Le playground de Hongdae, © Jake

P. 161 : Le NB2, © Jake

P. 161 : Une rue populaire de Gangnam, © Jake

P. 161 : Des bars et des lounges à Gangnam, © Jake

P. 163 : Le bar/club "Fountain" à Itaewon, © Jake

P. 164 : Hong Seok-cheon dans un de ses restaurants
Source : Instagram : @tonyhong1004

P. 165 : Mango couple
Source : Instagram : @mango.couple

P. 165 : La "Homo Hill" à Itaewon, © Jake

P. 165 : Le bar "Eat me" à Itaewon, © Jake

P. 168 : Trois types de boissons anti-gueule de bois, © Jake

P. 170 : *Samgyeopsal*, © Jake

P. 171 : *Samgyeopsal*, © Jake

NOTES ....

Achevé d'imprimer en Bulgarie
sur les presses de l'imprimerie Pulsio
3, rue Ilia Beshkov, 1592 Sofia
en mars 2023
(Tél. : 01 82 83 04 60)

Second tirage

Dépôt légal : juin 2022

Édité par l'Atelier des Cahiers
(60, Bd de Sébastopol, c/o P. Rubert 75003 Paris)
www.atelierdescahiers.com
Diffusion CEDIF - Distribution Pollen

ISBN : 979-10-91555-71-5

19 euros / 19 000 wons